Loslassen – Zulassen

Über dieses Buch:
Eine verlassene Ehefrau. Ihr wird der Boden unter den Füßen weggezogen, und das Leben erscheint ihr sinnlos. Aber sie will verstehen, was ihr da passiert ist und warum. Lange dauert diese Bestandsaufnahme ihrer gescheiterten Ehe, aber als sie es dann begriffen hat, kann sie sich aus den alten Mustern lösen und neues Leben zulassen. Und neues Glück.

Über die Autorin:
Friederike Steiner wurde 1941 in Großpetersdorf im südlichen Burgenland geboren, wo sie ihre Kindheit und Jugend verbrachte. Danach lebte sie viele Jahre in Wien, zeitweise auch in Stockholm, London und Paris. Seit 1978 ist Kärnten ihr Lebensmittelpunkt. Beruflich war sie als Sekretärin und als Arzthelferin tätig. Sie hat zwei erwachsene Töchter und ein Enkelkind.
Bisher liegen von ihr die Romane „Windhauch", „Lorenz und die Frauen", „Die kleinen Geschichten meines Lebens" und der Lyrikband „Ins Himmelsblau schauen" vor.

Friederike Steiner

Loslassen – Zulassen

Ein Brief

Bibliografische Information der Deutschen Nationalbibliothek
Die Deutsche Nationalbibliothek verzeichnet diese Publikation in der Deutschen Nationalbibliografie, detaillierte bibliografische Daten sind im Internet über http://dnb.d-nb.de abrufbar.

Impressum:
© 2014 Friederike Steiner
Herstellung und Verlag:
BoD - Books on Demand, Norderstedt
Umschlaggestaltung, Satz und Layout:
G. Haber, CBSC und C. Hamann
Cover-Foto: N. und M. Senoner
ISBN: 978-3-73-577835-2

Loslassen

DU - WIE DAS KLINGT, WIE VERTRAUT, WIE NAH, UND DOCH BIST DU FORT, WEG AUS MEINEM LEBEN. Immer noch, jetzt nach Wochen, höre ich die Tür ins Schloss fallen, deine Autotür schlagen, den Motor starten und dich dann wegfahren. Du bist fort, fort zu einer anderen, zu der Frau, auf die du nicht verzichten willst, ohne die du nicht leben kannst. Nach mehr als siebenundzwanzig gemeinsamen Jahren mit mir, da hast du ganz einfach deine Koffer gepackt und bist gegangen.

Ich bin allein. Ich muss ohne dich leben können. Du warst mein Leben, und dieses Leben mit dir ist in Scherben zerfallen. Es ist nichts mehr da außer diesem wahnsinnigen Schmerz, der sich vor mir auftürmt wie ein schwarzes Ungeheuer und droht, mich zu verschlingen. Das Schicksal hat seine pechschwarzen Fässer des Unglücks über mich gegossen. Es klebt an mir, das Schreckliche, dem ich nicht entrinnen kann, das Los der Verlassenen. Tränenblind liege ich in einem Meer von Sinnlosigkeit. Das Leben hat mich ausgespien und ich starre in die Leere. Die Dunkelheit greift nach mir und zieht mich in ihre Bodenlosigkeit. Nacht ist, und ich grabe mich in meine Finsternis, aber ich will gar keine Sterne sehen. Ich will nicht wissen, dass ein neuer Morgen kommt. Das alles ist für andere, gilt nicht mir, für mich bleiben nur die Nacht und das Nichts.

Welch dunkles Leben in der Fremde. Denn heimatlos bin ich nun, da du für mich die Heimat warst.

ICH KANN NICHTS TUN, ALLES IST TONNENSCHWER. Den Arm zu heben ist eine gewaltige Kraftanstrengung, Kaffeekochen ist eine übermenschliche Anforderung, Einkaufengehen und nicht ununterbrochen dabei weinen ist die totale Überforderung. Ich fahre mit dem Auto, doch ich habe das Gefühl, das Auto fährt alleine und ich bin nicht dabei, ich spüre mich nicht, ich fühle nur meine Schmerzen. Ich bin nirgends mehr. Ich bin wie gelähmt, bleischwer, todunglücklich, bloß die Tränen sind immer in Bereitschaft. Wenn die Kinder nicht wären, ich würde das nicht weitermachen. Es ist mir nur noch nach Auslöschen und Nichtswissenwollen. Das Leben ist eine Qual. Ich spüre, wie die Zeit tropft, und ich höre, wie mein Herz stöhnt und stammelt, denn es kann kaum mehr sprechen, dieses wunde Herz.

Nachts liege ich stundenlang wach, denke und weine, weine und denke. Und wenn ich dann doch einschlafe, werde ich plötzlich mit dem Gefühl wach, ein schreckliches Unglück sei passiert. Du bist nicht da, mein Leben ist nicht da. Ich fühle mich, als hätte man mir Arme und Beine amputiert, und ich bin bewegungslos und hilflos.

Und doch war die Zeit davor noch entsetzlicher, damals, als ich anfing zu argwöhnen, dass du eine Geliebte hast, als du nächtelang wegbliebst und, wenn du zu Hause warst, mich behandeltest wie einen Feind, und ich nicht wusste, woran ich war. Damals war es schlimmer.

Das waren die Tage voll Verzweiflung und Zerrissensein, es war wie das Entsetzen über den Tod des geliebtesten Menschen. Es war Finsternis, es war Schrecken, es war das totale Unglück. Und fallweise ein bisschen Hoffnung, dass es nicht stimmen möge, dass es diese Lüge nicht geben dürfe, nicht all die hässlichen Dinge, die da waren. Und doch hat alles gestimmt. Aber das herausgefunden zu haben, die bitterste Wahrheit, das war fast eine Erlösung aus den Höllenqualen der Unsicherheit.

Das Begreifen, dass das Einmalige, das ich glaubte, das uns widerfahren sei - diese große Liebe, diese gegenseitige Liebe - dass diese Liebe nicht mehr ist, das war das Schwierigste. Ich konnte es nicht glauben, dass wir nicht die Ausnahme seien, dass wir auch nur ein ganz gewöhnliches Paar sind, wie so viele andere auch, du ein Mann, der seine Frau betrügt, belügt, sie lächerlich macht und verhöhnt, und ich eine Frau, die sich das alles gefallen lässt. Das zu begreifen, dass das die Wirklichkeit war, das war das Schlimmste.

JEDER GEDANKE AN DICH STICHT IN MEIN INNERES, UND ICH WENDE IHN UND LASSE IHN GLÜHEN IN LODERNDEM SCHMERZ. Bis an die Grenzen des Ertragbaren tut er mir weh, reißt mich auf, macht mich weh und wund und lässt mich unaufhörlich weinen. Doch ich lasse ihn schmerzen, bis er ausgeglüht ist im Feuer des Leidens, bis er sich selbst aufgebraucht hat. Aber kaum ist ein Gedanke aus mir hinaus gebrannt, kommt der nächste und will meine Zuwendung. Und so stelle ich mich einem Regiment von brennenden Fragen, einer lodernden Gedankenflut, durch die ich durch muss. Ich lebe zwischen Feuerwänden, nein, sie sind in mir, glühen in mir.

Und das Einzige, das ich gegen sie vorbringen kann, das Einzige, das lindert und kühlt, das mich vor Zerstörung durch sie schützt, ist ein anderer Gedanke, einer, den ich ihnen und mir immer wieder entgegenhalte. Ich sage mir, dass ich es nicht verstehe, was mit mir passiert und warum, aber dass mein Vertrauen in die Wege des Schicksals so groß ist, dass ich davon überzeugt bin, dass mir etwas Positives widerfährt, durch all den Schmerz hindurch. Und ich weiß, dass etwas stirbt und dass Sterben immer schmerzhaft ist, aber jedem Sterben folgt eine neue Geburt, denn der Kreislauf des Lebens geht immer weiter. Ich bin neugierig auf das, was kommen wird, auf das, was das Leben mit mir vorhat, und ich blicke aus meinen verweinten Augen heraus und ich frage mich: Was geschieht mir?

Nur kurz dauert die Linderung. Wieder fällt eine Rotte von Gedanken über mich her und taucht mich in ein Meer von Tränen. Aber ich habe bereits gelernt, sowohl im Feuer als auch im Wasser zu leben, und meine Gefühle tauchen tiefer und tiefer. Eine Seelenkammer nach der anderen öffne ich, tagelang, wochenlang. Es ist eine unendlich große Arbeit, die ich verrichte. Irgendwo dort unten, eingeschlossen in einen dunklen Raum, treffe ich ein kleines Mädchen. Es sitzt im Kalten und weint. Ich nehme es in meine Arme und tröste es. Dabei wird mir selbst so weh ums Herz und doch so wohl, weil ich jemanden trösten kann, jemanden, der mir sehr vertraut ist, und gemeinsam gehen wir immer weiter, bis wir ins Allerinnerste kommen, dorthin, wo die Kommunikation mit dem Urwissen und den Grundbedürfnissen der Seele noch intakt ist. Dort fangen wir gemeinsam an, eine Bestandsaufnahme zu machen, mein Leben auseinanderzunehmen und neu zu sortieren. Es kostet viele Tränen, aber das sind schon Tränen, die Heilung verheißen.

„LENKE DICH AB", SAGT MAN MIR, „ZERSTREUE DICH. Das Leben geht weiter." Ja, das Leben geht weiter. Eine Tür ist ins Schloss gefallen und man muss weitergehen. Aber wohin? Eine Seite im Buch meines Lebens wurde umgeblättert. Wie viele Seiten hat ein Leben?

Ich kann nicht weitergehen, solange ich nicht weiß, warum alles so gekommen ist. Ich muss verstehen. Und ich muss meinem Schmerz Raum geben. Ich will nichts verdrängen und übertünchen, ich will die wirkliche Ursache hinter den Dingen erkennen, und ich will alle Schmerzen zulassen, die da sind und noch kommen werden. Ich will sie aus mir hinausweinen, hinausschreien vielleicht, die ganze alte Welt muss ich zerschlagen, sie verlassen, muss meine Wut und meine Enttäuschung in Worte fassen und muss mich meiner Angst vor der Zukunft stellen.

Erst wenn ich Klarheit in mir geschaffen habe, wenn alle Tränen geweint sind, dann, erst dann kann ich Hoffnung haben, dass es wieder hell werden möge.

Aber noch ist Nacht.

DANN IST DA NOCH DIESE GESCHICHTE, ÜBER DIE ICH IMMER NACHDENKEN MUSS, die Geschichte mit den in zwei Hälften gebrochenen Herzen, die alte Geschichte, erzählt in allen Kulturen, variiert und verändert, aber im Grunde immer gleich. Diese Geschichte sagt, dass Gott Vater die Herzen in zwei Hälften bricht und sie hinunter auf die Erde wirft, und dass wir nur dann, wenn wir die richtige zweite Hälfte gefunden haben, die wirkliche Liebe erleben.

Für mich stand es immer fest, dass wir die beiden richtigen Hälften seien. Darauf vertrauend, habe ich alles auf mich genommen, auch deine Launen und Lieblosigkeiten, deine rechthaberische Art, dein dominantes und cholerisches Gehabe und deine Wutausbrüche, akzeptierend, dass du so bist, da du nun einmal für mich bestimmt warst von jener hohen, dunklen Macht, die unsere Geschicke lenkt.

Nun frage ich mich, haben wir ein halbes Leben unter falschen Voraussetzungen gelebt, war alles ein Irrtum, unsere Liebe, all unsere Gemeinsamkeit, unsere Glut für einander, unsere Kinder? Hast du nun erst deine richtige Hälfte gefunden, habe ich dich verloren, weil du mir gar nicht zugedacht warst, war ich nur Platzhalterin für die Richtige, die damals in die Volksschule ging, als wir beide meinten, das Glück fürs Leben gefunden zu haben?

Warum habe ich das nie gespürt, warum habe ich mich nie nach einem anderen Mann gesehnt, warum habe ich mich dann so geborgen bei dir gefühlt? Und wo ist dann meine Hälfte? Wie kann ich sie jemals finden, wenn ich mich doch nur nach dir sehne? Muss ich dann immer alleine bleiben, in alle Ewigkeit hinein? Werde ich auch im Jenseits alleine durch die Sphären irren? Bin ich also nicht nur in diesem Leben meines Gegenübers beraubt, sondern für immer, auch in jener anderen Welt? Ist da niemand, der auf mich wartet, wenn ich einst über diese leuchtende Schwelle schreiten werde, niemand, auf den ich warten kann, sollte ich früher dorthin gehen?

WIEDER SIND WOCHEN VERGANGEN. MIT NICHT WENIGER TRÄNEN.

Mein Hund ist gestorben....

Jetzt weiß ich, dass auch der größte Schmerz gesteigert werden kann.

Ich habe innerhalb weniger Wochen meine beiden Lebenspartner verloren....

WEITERE WOCHEN SIND VERGANGEN, AUCH WOCHEN, SEIT ICH WIEDER AUS DEM KRANKENHAUS ZU HAUSE BIN. Eine wohlige Distanz ist entstanden. Sie heilt. Alles wird leichter. Was ist Glück? Ganz einfach am Leben zu sein, nachdem man geglaubt hat, dem Sterben nahe zu sein?

Bei der Operation hat sich herausgestellt, dass es nicht Krebs war, der verdächtige Knoten, der sich überraschend in meiner Brust gefunden hatte, dass es nichts war als ein Fingerzeig von oben. Aber nach all diesen schmerzlichen Erfahrungen in letzter Zeit habe ich nur schwarzgesehen und mich in eine nicht zu kontrollierende Angst hineingesteigert. Ich habe gedacht, die Operation nicht zu überleben. Todesangst hatte ich, und ich fühlte mich wie der verlassenste Mensch auf der Welt.

Da war der Abend davor, an dem du geschäftlich zu Hause warst. Da war meine stumme Angst, in der ich mich neben dich setzte und nur deine Hand, wenigstens deine Hand, auf meiner hätte fühlen wollen, als Zeichen deiner Anteilnahme. Aber kalt und starr bist du dagesessen, hast gesagt, dass meine Angst unbegründet sei, hast auf die Uhr geblickt und gefragt, ob ich mich jetzt beruhigt hätte und du gehen könntest, nicht dass ich nachher sage, du habest mich alleine gelassen....

Ich hätte dir noch so viel sagen wollen in jener Nacht, in der ich glaubte, an der Schwelle des Todes zu stehen, aber nachdem du weg warst, war mir bewusst, dass der, der gefahren ist, es ohnehin nicht verstanden hätte, und dass es den, der geblieben wäre, nun nicht mehr gab. In jener Nacht wurde mir auch klar, dass unsere Ehe endgültig gescheitert war.

Nach der Operation lag ich dann in diesem seltsamen Zustand zwischen Wachen und Schlafen und dämmerte vor mich hin. Mein Herz war voll Freude. Wohlige Glückswellen durchströmten mich bei jedem Erwachen. Ich hatte alles gut überstanden und nichts Bösartiges wurde gefunden. Beide Brüste sind heil, ich bin noch da, sagte ich mir, ich darf weiterleben und habe noch alles vor mir. Plötzlich wurde dieses Leben so wertvoll. Mein Leben.

Dann kamst du auf Besuch ins Krankenhaus. Du tatest deine Pflicht, ein Mann, der etwas auf sich hält, lässt seine Frau nicht alleine, wenn sie operiert wurde. Du hast mich aber alleine gelassen, die Nacht davor, als ich dachte, den nächsten Tag nicht zu überleben, in dieser Nacht, der einsamsten meines Lebens. Im Krankenhaus saßest du auf dem Sessel neben mir, sprachst ein paar belanglose Worte, der Gesprächsstoff ging bald aus. Deine Augen waren leer, ohne Gefühl, ohne einen Funken von Teilnahme.

Was will ich? Du bist jetzt der Partner einer anderen Frau und gehörst nicht mehr zu mir. Du wolltest heim zu ihr und musstest deinem Pflichtgefühl folgend bei mir im Krankenhaus sitzen. Wieder sahst du auf die Uhr. Sicher überlegtest du, ob du schon lange genug dagewesen warst und wieder gehen konntest. Für einen Moment spürte ich schmerzlich mein Alleinegelassensein, aber es war nicht mehr so schlimm wie in der Nacht vor dem befürchteten Tod. Jetzt überwog die Freude, am Leben und gesund zu sein.

Als du dann gingst und ich mich für deinen Besuch bedankte, sah ich in deinen Augen das Bewusstsein, deine Pflicht erfüllt zu haben, vielleicht auch die Genugtuung, eine gute Tat getan zu haben.

Aber darüber konnte ich dann bereits lächeln.

ES IST JA NICHT SO, DASS ICH GANZ ALLEINE BIN. Die Kinder kommen öfter zum Wochenende heim. Ich habe Freunde, die sich liebevoll um mich kümmern. Und du kommst ja auch heim. Nein, nicht zu mir, das weiß ich. Du hast doch selbst gesagt, dass es dich nicht interessiert, wie mir ums Herz ist. Das habe ich schon akzeptiert. Aber wir haben geschäftlich mitsammen zu tun, deshalb musst du zweimal die Woche heimkommen. Was heißt heimkommen, hierher kommen, zu Hause bist du jetzt woanders.

Wie ich das aushalte, fragen mich meine Freunde, wenn du dann daher kommst.

Ich weiß es selbst nicht, wie ich das aushalte.

DAS SCHLIMMSTE IST NICHT, DASS DU NICHT MEHR DA BIST, AUCH NICHT, DASS DU EINE ANDERE LIEBST. Das Schlimmste ist, dass du mich nicht mehr liebst, dass ich für dich nicht mehr wichtig bin. Wenn du für ein Jahr als Kapitän auf einem Schiff wärst und ich an deine Liebe glauben könnte und ich wüsste, dass du irgendwann zu mir zurückkehrtest, ich würde dieses Warten auf dich aushalten. Dieses auf dich Warten und mich nach dir Sehnen würde meine Einsamkeit versüßen, würde die Nacht erhellen. Aber ich habe sie nicht mehr, deine Liebe, schon lange nicht mehr. Wenn ich jetzt so zurückblicke, muss ich erkennen, dass du bereits vor langer Zeit angefangen hast, dich vor mir zurückziehen, nur ich wollte, konnte es nicht wahrhaben. Wie hätte ich damit leben sollen, da du doch so wichtig für mich warst.

Es wird mir jetzt auch klar, dass mit dem Aufhören deiner Liebe zu mir deine Aggressionen gegen mich und die Kinder gekommen sind, du hast mich verantwortlich gemacht für das Unerfüllte in deinem Leben, für dein Nichterreichtes, für dein Versagen. Als Klumpen an deinen Füßen empfandst du mich, als Wärterin deines Gefängnisses, in das du dich gesperrt hattest. Wie viel Unerreichtes gab es doch in deinem Leben, wie viele Lockungen, Vergnügungen, wie viele Frauen mit einladenden Blicken waren da. Und du konntest das alles nicht im großen Stil genießen, weil du dich von deiner Familie eingeschränkt fühltest.

Du hast dir sehr wohl deine Scheibchen von alledem abgeschnitten, und ich habe geduldig zu Hause auf dich gewartet. Aber über den Vorwurf in meinen Augen hast du dich geärgert, hast mich vielleicht sogar gehasst dafür. Jetzt erst verstehe ich die Wut in deinem Gesicht, die mir früher unverständlich war. Du gabst mir die Schuld, weil ich dir den Weg in eine unbeschwerte Freiheit versperrte, in all diese angenehmen Möglichkeiten, die sich einem Mann in deiner Position boten. Und alle Vorwürfe, die du dem Schicksal oder auch dir selbst hättest machen können, hast du auf mich geworfen. Ich war für dich die Ursache dafür, dass du deinen Traum vom Leben nicht verwirklichen konntest.

Irgendwann kommt dann ein Geschöpf daher, viel jünger natürlich, gebildet und erfolgreich, mit blindem Vertrauen aufschauend zu dem wundervollen Mann, und mit ihr kommt eine neue Chance. Du hast sie genützt, und mit der neuen Partnerin startest du nun einen neuen Versuch, diese inneren Gaukeleien von einem besseren Leben und mehr Anerkennung in die Tat umzusetzen.

Eigentlich verstehe ich dich ja. Ein Partner ist ein Spiegel. Wenn du mich als Spiegel benützt, siehst du dein Leben wie es wirklich ist, und das machte dich wütend. Du hast von den Kindern und mir erwartet, deine Wunschvorstellung vom perfekten Mann, vom angebeteten, unfehlbaren Oberhaupt von uns gespiegelt zu bekommen. Und viele Jahre, als wir noch ohne Kinder waren und auch noch, als die Kinder klein und dann halbwüchsig waren, habe ich dir dieses Bild gespiegelt, habe aus Liebe oder auch aus Feigheit oder aus dem Wunsch heraus, dass du so perfekt seiest, für dich und wohl auch für mich diesen Wahn aufrecht erhalten. Aber die Kinder wurden größer und sehend. Und ich konnte nicht anders, glaube mir, ich konnte nicht auch ihre Augen vor der Wahrheit verschließen. Du wirfst mir vor, nicht eine gewaltsame Korrektur am Verhalten der Kinder vorgenommen zu haben, nicht den Maßstab ihrer Werte manipuliert zu haben, nicht die Sicht ihres Weltbildes verzerrt zu haben, sie nicht dazu angehalten zu haben, die Klugheit ihrer eigenen Seelen zu verleugnen. Ich konnte nicht zusehen, wie du sie zu Sklaven machen wolltest, zu Befehlsausführern deiner eigenen Machtgelüste, deiner persönlichen Lebenslüge. Den Kindern zu helfen, ihre eigene Wahrheit zu finden, war mir wichtiger als dich in deiner Verblendung zu lassen.

Du musstest in den Spiegel der Wirklichkeit blicken. Das hast du nicht ausgehalten. Du hast dir eine willfährige Partnerin gesucht, die dir abermals das täuschende Spiegelbild vermittelt von Größe, Stärke, Macht und Jugend. Und als die eigenen Kinder aus dem Haus waren, hast du wieder jugendliche Augen gebraucht, die staunend zu dir aufblicken. Du hattest nicht den Mut, in die andere Lebenshälfte hinüberzuwechseln, mit mir alternder Frau, ohne Kinder im Haus, dir dein eigenes Alter eingestehend. Du nahmst dir wieder eine junge Frau mit Kind, du musstest weiter der junggebliebene Erklärer des Lebens bleiben, brauchtest staunende Augen, die an deinen Lippen hängen, junge Hände, die dir Beifall klatschen. Denn mein Beifall war nicht mehr laut genug.

Und nun fängst du an, dein Leben zu wiederholen. Du versuchst, verlorene Gefühle wiederzufinden, anstatt neue zuzulassen. Du versuchst, das Feuer, das einmal in dir war, wieder zu entfachen. Du machst die gleichen Urlaube, die gleichen Ausflüge mit den gleichen Zielen wie früher mit uns. Du lebst das gleiche Leben weiter wie vorher, nur mit einer anderen Partnerin. Neue Wege zu finden und neue Vorstellungen, dazu fehlt dir die Phantasie. Aber du hast deinen Lebenssinn wiedergefunden, indem du dich in einem geliebten Objekt widerspiegelst.

Wir brauchen alle einen Verschönerungsspiegel. Nichts ertragen wir weniger als das Erkennen unserer Unzulänglichkeit, und wenn dann einer kommt, der uns zeigt, wie wichtig wir sind, dann fließen ihm unsere Dankbarkeit und Liebe entgegen, denn wir verwechseln oft die Liebe mit der Dankbarkeit dafür, geliebt zu werden. Und geliebt werden wollen wir alle.

Auch ich, und gerade ich, war diesem Wahn verfallen. Weil es für mich so wichtig war, geliebt zu werden, von dir geliebt zu werden, tat ich alles, um deine Liebe nicht zu verlieren. In meiner blinden Ergebenheit habe ich all deine Launen ausgehalten. Ich ließ mich demütigen, anschreien, zum Schweigen bringen, ich ließ mich fast zerstören, immer in der Hoffnung, dass du eben dieses geduldige, gefällige Wesen lieben würdest. Aber du hast meine Großzügigkeit und meine Liebe, mein Dich-Gewährenlassen für Schwäche gehalten, und so bin ich dumm geworden für dich. Irgendwann war ich dann in deinen Augen nur mehr ein altes Wrack, über das zu herrschen sich nicht weiter gelohnt hat.

Du hast meine Erniedrigung gebraucht, um dich selbst zu erhöhen, meine Kleinheit, um daneben groß zu sein. Langsam beginne ich zu erahnen, welcher Art deine Liebe zu mir war. Ja, du hast mich gebraucht, früher, da konntest du ohne meine Liebe nicht leben, denn auch du hast deine innere Einsamkeit in dir, die du besiegen musst, dein Abgeschnittensein vom Leben ohne Ergänzung. Aber es war nicht die Liebe, an die wir beide glaubten, es war mein Opfer, meine Anbetung, meine Unterwerfung; ich war das Objekt, das du gebraucht hast zur Heilung deiner Wunden. Und ich war dir willfährig. Ich habe dich in dem Ausmaß erhöht, in dem ich mich dir unterworfen habe, nach deinem Motto: „Ist sie meine Sklavin, bin ich ihr Herr, betet sie mich an, bin ich ihr Gott."

Mich selbst aber habe ich ganz tief in mir verschlossen, nur um dir die Frau zu sein, die du brauchtest.

Aber ich werde sie ausgraben, diese verlorengegangene Frau, und ich werde ihr zu neuem Leben verhelfen, und das wird dann mein Leben sein.

DIESES VIELE NACHDENKEN BRINGT MICH MIR SELBST NÄHER, UND IMMER MEHR RÜCKE ICH VON DIR AB. Erst jetzt begreife ich, dass du mich nie erkannt hast, mich, so wie ich wirklich war und bin, mich, die ich dir jeden Tag aufs Neue mein Herz entgegengehalten habe. Hättest du mich erkannt, jemals erkannt, und diese Frau geliebt, du hättest mich nie verlassen können, deine Liebe wäre für immer gewesen. Aber du hast die geliebt, die du gebraucht hast zur Erhöhung deines Selbst, die, für die du mich gehalten hast. Aber mich, mich, die ich bin, mich hast du nicht wirklich erfasst. Ein Leben lang waren wir uns ferne - so unwahrscheinlich das klingt bei aller Nähe, die uns verbunden hat. Wie nahe wir uns manchmal waren, dass ich meinte, wir seien eins, ein Herzschlag und ein Körper und eine brennende Welle aus Liebe. Unsere Herzen klopften zusammen, unsere Sinne verschmolzen und unsere Gefühle waren eins. Glaubten wir. Wir wussten nicht, dass wir auf verschiedenen Planeten lebten, jeder für sich.

Auch du musst ein anderer gewesen sein als der, den ich geliebt habe, er, den ich geliebt habe, er hätte mich nie verlassen, mich nie so behandelt. Nun frage ich mich, wie bist du wirklich, wer bist du wirklich? Habe ich nicht immer nur ein Bild von dir geliebt, das ich mir vor unendlich langer Zeit angefertigt und im Hintergrund meines Herzens aufgehängt und angebetet habe? Einen

Altar habe ich vor diesem Bild errichtet und Opfergaben dargebracht – meine Liebe, meine Unterwerfung, meine Bewunderung für dich, mein bedingungsloses Zu-dir-halten, meinen Beifall für dich.

Damals, vor mehr als einem Vierteljahrhundert, ist ein Bild von dir in meiner Seele entstanden, ein wunderschönes Bild, und es hat sich tief in mich eingeprägt, unauslöschlich bis heute. Dieses Bild, unverletzbar wie es bis vor kurzem war, habe ich all die Jahre geliebt, nichts konnte ihm etwas anhaben. Auch wenn die Wirklichkeit manchmal anders war, wenn du mir Verletzungen zufügtest. Kurzzeitig habe ich dich wohl anders gesehen, egoistisch, lieblos vielleicht, manchmal auch brutal und gemein, und ich habe mich dann auch gefragt, warum ich dich wohl so sehr liebe. Als Antwort kam dann immer dieses Bild daher, legte sich verhüllend über die Wirklichkeit und strahlte mit unverminderter Kraft in meinem Herzen. Welche Zweifel auch immer auftauchten, dieses Bild stellte sich erfolgreich dagegen.

Nun hast du den Tempel niedergerissen, in dem dieses Bild hing, und Sturm und Wetter werden es verwaschen. Und es wird gut sein, dass es zerstört werden wird, dieses erfundene, erdachte, ersehnte Phantom, dem ich immer gehuldigt habe, denn erst dann werde ich in der Wirklichkeit leben können.

Aber noch ist es in mir, dieses Bild des Mannes, der du einmal für mich warst, nein, der vielen Männer, die du verkörpertest. Eine ganze Menge Gestalten trugst du in dir und sie waren Teil deines Selbst. Und ich habe sie alle geliebt, alle - den Zärtlichen und Liebevollen, und dem mit der großen Leidenschaft war ich ohnehin verfallen, den Verantwortungsbewussten und Fürsorglichen, den Grüblerischen und Ehrgeizigen, ich kann sie gar nicht alle aufzählen, die vielen Erscheinungsformen. Aber auch die dunklen Gestalten und die negativen Wesen in dir habe ich nicht nur in Kauf genommen, ich habe sie sogar geliebt, als Rückseite von dir, der du einmal so viele helle Gesichter hattest.

Aber ein Mann nach dem anderen verließ dich, zumindest fand ich den nicht mehr, der mir zuhörte und den das interessierte, was ich erzählte, und auch der, der früher so gerne mit mir spazieren gegangen war, war auf einmal verschwunden. Da war keiner mehr, der mit mir Musik hörte oder gar in ein Konzert ging oder zu einer Bilderausstellung, keiner, der mit mir fröhlich lachte, keiner, dem ich gefiel, der stolz auf mich war, keiner, der zu mir zärtlich war oder meine Zärtlichkeit wollte. Deine Vielzahl engte sich ein auf einige wenige, und die konnten nicht mehr sehr viel von mir erfassen.

DU WIRST MIR FREMD, ICH HABE KEIN KLARES BILD MEHR VON DIR, DER DU MIR EINST SO VERTRAUT WARST. Auch wenn du da bist, und gerade dann, spüre ich, dass du mir ferne bist. Fremde Hände liegen da vor mir auf dem Tisch, Hände, die jetzt eine andere streicheln. Es ist auch gut, dass wir uns zweimal in der Woche sehen. Mein zur Verklärung neigendes Gemüt muss mit der Realität konfrontiert werden. Dann muss ich jedes Mal in dein Gesicht sehen, in dein wahres.

Wenn du nicht da bist, sehne ich mich oft nach dir, wünsche mir, meinen Kopf an deine Schulter zu lehnen. Aber wenn du dann wirklich kommst mit diesem leeren Blick für mich, Eiseskälte zwischen uns wirfst, wenn du nichts mitbringst als Ansprüche, Ansprüche darauf, der Herr in diesem Haus zu sein mit allen Vergünstigungen für den, der das Geld verdient, Ansprüche, seinen Groll und Missmut bei mir abladen zu können, dann rückst du das Bild wieder zurecht, das ich in meinem Wahn immer in weichen Farben zeichne.

Dann fängst du an, Fehler bei mir zu suchen, mir sogar deine Fehler zu unterstellen und mich herunterzumachen, denn je schlechter du mich machst, desto besser ist die andere, und du hast wieder einmal die Bestätigung, wie richtig es war, mich zu verlassen.

Aber es ist gut, dass es so ist, denn wenn du dann wieder gehst, fällt mir das Atmen immer viel leichter.

WAS IMMER ICH DENKE UND SCHREIBE VON ERKENNTNIS UND DEINEM MIR FREMDSEIN UND MEINEM EIGENEN LEBEN - kämest du jetzt zur Tür herein und legtest deinen Arm um mich, ich könnte dir nicht widerstehen.

Manchmal befällt mich eine Art geistiger Todessehnsucht, mich wieder in dich hineinfallen zu lassen, mich in dir zu ertränken, in diesen dunklen Schacht der vergeblichen Liebe zu steigen, wieder an dir zu leiden. Es gibt Stunden, wo ich mich um den Preis der Selbstauslöschung nach deiner Liebe sehne, nach unserer Beziehung von ehedem, nach dem, was ich jahrelang für Liebe gehalten habe.

Ich habe zwar die Mechanismen erkannt, durch die ich so an dich gefesselt war, aber diese Erkenntnis hat mich nicht wirklich befreit. Noch leide ich an dir. Aber ich habe Hoffnung auf Besserung. Und ich weiß nun auch, dass dein Fortgehen meine einzige Chance auf Befreiung war. Du hast deine Gründe, warum du gegangen bist, es war dein Schicksal, das dich gerufen hat. Aber du hast es auch für mich getan. Es war auch mein Stern, der dich von mir fortgeführt hat.

Du bist gegangen, damit ich endlich werden kann.

MAN HAT MICH AUCH SCHON CHARAKTERLOS GENANNT, SO GANZ OHNE STOLZ. Warum ich mich denn nicht scheiden lasse, wenn schon du das nicht tust, und mich nicht ganz von dir trenne, einen Schlussstrich ziehe. Sie meinen es zwar gut mit mir, aber ich bemerke in ihren Köpfen dieses archaische Denken, das zwar nicht mehr für Witwenverbrennung ist, aber vielleicht doch dafür, dass eine Frau sich Asche ins Haar streuen sollte und dunkle Kittel tragen, wenn der Ehemann abhandengekommen ist. Deshalb nehme ich sie nicht ernst, wenn sie sagen, besser ein Ende mit Schrecken statt ein Schrecken ohne Ende: Konsequenzen ziehen, ein neues Leben beginnen.

Auch die anderen, die mir raten zu gehen, irgendwohin, wenn auch in den allerletzte Winkel, nur weg von hier, die meinen, ich müsste alles kaputt machen, nur um mich an dir zu rächen, auch sie stoßen auf taube Ohren bei mir. Man hat leicht reden an den vollen Pfründen.

Ich müsste aus dem Haus weg und aus dem wunderschönen Garten, das letzte Gefühl von Heimat verlieren. Auch die Kinder hätten dann kein Zuhause mehr, in das sie aus der Großstadt heimkommen können, und auch der Hund, den ich jetzt wieder habe, und die drei Katzen wären nicht so leicht in einer kleinen Wohnung zu halten, wären ihrer Freiheit beraubt. Meine Arbeit wäre weg, die einen äußeren Fortgang des Lebens aufrechterhält, die ich mag, und ohne die das Leben viel schwerer zu meistern wäre. Wer gäbe mir in meinem Alter wieder Arbeit, noch dazu so eine interessante?

Ich habe früher an vielen Plätzen gewohnt, und ich habe mich auch wohl gefühlt dabei. Aber als ich dich traf, hat mein Zuhausesein angefangen, mit dir gemeinsam habe ich mir eine Heimat gebaut. Wir sind in dieses Städtchen gezogen, haben diesen Flecken Erde gekauft und uns ein Haus gebaut, Ziegel für Ziegel, Wand für Wand. Jeden Strauch im Garten habe ich gesetzt und so manchen Baum, habe gegossen und gejätet, mich über jedes Blatt und über jede Blüte gefreut. Wie klein die Bäume waren, als wir sie im Kofferraum des Autos heimgebracht haben, und nun kann ich in ihren Schatten sitzen, und die Vögel haben Wohnungen gefunden in ihren Blätterdächern.

Ich soll nach dem Verlust der inneren Heimat - und die warst du mir - nun auch noch den Verlust meiner physischen Heimat hinnehmen? Alles würde ich zurücklassen. Nur dich würde ich in meinem Inneren mitnehmen, als Erinnerung an schöne Zeiten, als unstillbares Verlangen in alle Zeit hinein.

Nein, ich gehe nicht, nicht solange du keine gesetzliche Trennung anstrebst. Ich bleibe und warte, dass du selbst die Arbeit der Demaskierung fortbetreibst mit deinen Lieblosigkeiten und

Gemeinheiten, dass du dich selbst in mir zerstörst, dass ich dich nicht als Verklärung einer schönen Zeit in mir forttrage, sondern dass ich dich als realistische, wenn auch schmerzhafte Gegenwart, als mich beleidigende, mich kränkende Realität erlebe. Ich warte, bis du selbst meine Liebe zu dir hingerichtet hast. Irgendwann wirst du mir gleichgültig sein.

    Wenn ich dann frei bin von dir, dann werde ich weitersehen.

WIR HABEN EINEN TRAUM GELEBT, BIS ER ZERBRACH. Zuerst zerbrach deiner, und dann hast du meinen zerbrochen. Ich wäre bis an mein Lebensende, wie das Kind im Mutterschoß, in diesem Traum gelegen, in diesem Wahn von Lieben und Geliebtwerden, wäre ich nicht so unsanft erweckt worden. Doch nun ist diese Lebenslüge geplatzt. Meine Verblendung fällt von mir ab und ich werde sehend. Wie schmerzhaft dieses Sehen ist! Aber ich lasse es zu.

Ich versuche, mir selbst nahe zu kommen, wieder mit meinen eigenen Augen zu sehen, und es ist fast nicht auszuhalten, so peinvoll ist dieses Tun. Bar jeglicher Illusion blicke ich mich an, und die Wahrheit grinst mir hämisch ins Gesicht. Ganze Arbeit will ich leisten, bis auf den Grund. Ich reiße meinem Leben die Masken ab, ich nehme alle Bilder ab, die ich im Laufe der Zeit aufgehängt habe, alle, mit denen ich die Wirklichkeit verhängt habe, weil sie viel schöner waren als die Tatsachen. Manchmal konnte ich nicht in der Realität leben und ich habe meine Sehnsucht in Bilder gekleidet und sie darübergestülpt über dieses unbefriedigende Leben. Ich habe mir eine Scheinwelt gebaut, in der ich gelebt habe, eine Welt aus Träumen und Wünschen, und ich habe in ihr gelebt als die Frau, die sehr geliebt wird, und für dieses vermeintliche Geliebtwerden habe ich jeden Preis bezahlt. Nur nicht deine Liebe verlieren, nur nicht in Ungnade fallen, das war das Wichtigste.

Die neue Erkenntnis dringt langsam in mein Bewusstsein - dass es gerade das ist, was ich gebraucht habe: dich zu verlieren, ohne dich leben zu müssen, um ich selbst zu werden. Ich fange an, mich zu sehen, wie ich bin, und mich zu akzeptieren, wie ich bin. Jetzt bin nur mehr ich für mich da, ich als einzige Partnerin für mich, und ich nehme mich an, wie immer ich bin.

Ich denke mich frei.

DAMALS, AM ANFANG UNSERER BEZIEHUNG, HAST DU MIR ALL DEINE LIEBE GEGEBEN, alle Bewunderung, und mich in jede vorstellbare Zärtlichkeit eingehüllt. Du spieltest auf einem unsichtbaren Instrument diesen süßen Schalmaienklang des Verlangens und senktest ihn in mein Herz. Die ganze Welt hast du mir zu Füßen gelegt, während du mir dein Leben aufgepfropft hast.

Aber dann, als ich ganz in dein Leben geschlüpft war, deine Haut trug, dann sind diese Zuwendungen karger geworden. Ich weiß bis heute nicht, ob dies Berechnung von dir war, um mich in diesem ausgehungerten Zustand zu halten, damit ich mich ordentlich abstrample in meinem Bemühen, deine große Liebe wieder zu erlangen. Ich glaube fast, es war das den meisten Männern innewohnende ererbte Wissen, wie man sich eine Frau gefügig macht und sie an der Kandare hält. Nur du, du hast es besonders gut gemacht.

Und ich war eine besonders geeignete Partnerin für dich. Dich Beherrscher, dich Despoten habe ich als den Richtigen für mich, für mich Weiche, für mich Unterwürfige erkoren. Wir waren wie geschaffen füreinander, Täter und Opfer. Wir haben uns erkannt und angezogen, und unsere Schritte passten genau zusammen. Süchtig hast du mich gemacht nach dir, abhängig von deiner Zuwendung. Zuerst hast du mir Wunden geschlagen, tiefe, schmerzende Verletzungen, und dann hast du sie zärtlich gepflegt, bis sie wieder vernarbt waren. So habe ich immer mehr Narben an meiner Seele davongetragen, die alle deiner Betreuung bedurften, und ich habe im Gefängnis meiner Erwartung nach deinem Balsam gelebt. Immer hat es mich zu dir hingezogen, all die Jahre, und du hast das Band meiner Sehnsucht benutzt als Mittel zum Distanzhalten, als Mittel zur Belohnung und Bestrafung. Du gabst dich nur stückchenweise her, setztest deinen Verstand ein und überließest mir die Gefühle. Und ich habe gewartet, offen für alles. Immer war ich bereit, neue Wunden zu empfangen, denn Liebe ist auch die Bereitschaft, verletzbar zu sein. Wenn wir uns erst gepanzert haben und die Haut nicht mehr so dünn und durchlässig ist, sind auch unsere Empfindungen nicht mehr so tief, nicht mehr so schmerzhaft, aber auch nicht mehr so beglückend.

Es ist ein ganz neues Gefühl, an das ich mich erst gewöhnen muss: keine Wunden geschlagen zu bekommen.

Ich fange jetzt an, mich zu heilen.

ES GIBT TAGE, DA GEHT ES SCHON RECHT GUT, DAS NEUE LEBEN OHNE DICH. Aber dann ist da wieder so mancher Morgen, da werde ich wach, und in mir ist eine so große Sehnsucht nach dir, dass sonst nichts daneben Platz hat als Zärtlichkeit und Verlangen nach dir. Es ist dann Sache meines Verstandes, mir mühsam verständlich zu machen, dass es dich, nach dem ich mich sehne, in dieser Form nicht mehr gibt. Und es ist dann dein Tod, der Tod dessen, den ich liebte und der mich liebte, den ich beweine. Ich weiß, du bist nicht gestorben, du lebst, und es ist ein Trost. Natürlich wäre es schlimmer gewesen, hätte dich der Tod mir genommen und nicht eine andere Frau. Aber dann hätte ich zumindest an deine Liebe glauben können, an diese starke Kraft, an die man glauben kann, dass sie über den Tod hinaus besteht. Doch die habe ich verloren. Ist das nicht auch ein Tod?

JETZT ERST BEGREIFE ICH, WIE ALLEINE MAN IST, SEIN LEBEN LANG. Eigentlich habe ich es immer schon gewusst, aber ich habe dieses Wissen vor mir verborgen, weil diese Erkenntnis nur Trauer gebracht hat, viel lieber habe ich mir eingeredet, wie sehr ich gebraucht und geliebt werde. Dich habe ich dazu benützt, um mir mein Bewusstsein zu verhängen für diese Trauer und die Dunkelheit in ihr.

Damals, als du in mein Leben tratst, gab es auf einmal einen, für den ich wichtig war, einen, der starke Schultern hatte zum Anlehnen, einen, der immer für mich da war und der mich wollte, einen, zu dem ich gehörte. Dich hielt ich für das Licht, zu dem ich unterwegs gewesen war. Du hast Besitz ergriffen von mir, damals vor fast drei Jahrzehnten, jeden Tag und jedes Jahr mehr, bist in mich eingezogen und wurdest ein Teil von mir. Du bist als Gefühl in mich gekommen und bist körperlich geworden, Blut und Gefäß, in dem es pocht, Muskel und Gedanke in den Gehirnwindungen, ganze Teile meiner selbst wurden durch dich ersetzt, mein Denken wurde durch deines verdrängt. Ich kann dich nicht so ohne weiteres aus mir hinauswerfen, das ist ein langwieriger Prozess.

In meiner Seele liegt noch immer das Bild eines Mannes, der war wie eine Eiche im Sturm. Du warst diese Eiche im Sturm des Lebens, an die ich mich lehnen konnte. Du schütztest mich vor allen

Unbilden des Lebens und auch vor der Einsamkeit, solange ich deine Liebe besaß. Du warst dieser Hort an Verlässlichkeit, Geradlinigkeit und Verantwortungsbewusstsein. Doch dann wurde diese Eiche gefällt, von dir selbst, und du hast dich in ein schwankendes Rohr im Wind verwandelt, wurdest ein Synonym für Verrat und Betrug, für Lügen und feiges Ausweichen. Und ich bin in die Leere gefallen, in das Alleinsein der Verlassenen.

NUN IST DA WIEDER MEINE EINSAMKEIT, SIND DA WIEDER MEINE EINSAMKEITEN. Durch so viele bin ich schon gewandert, eine nach der anderen kommt daher. Zuerst die Einsamkeit neben dir in den letzten Jahren, und dann die Einsamkeit ohne dich, ohne Gefährten, ohne Zweisamkeit, ohne Liebe, dann die Einsamkeit ohne mich, als ich mich verloren hatte, und jetzt die Einsamkeit mit mir, da ich anfange, mich wieder selbst zu leben. Still ist es nun, und dünn ist die Luft für die Einsamen. Eine neue Einsamkeit entsteht, aber sie führt mich immer weiter in mich hinein, und neues Leben entsteht in mir.

In den schlaflosen Nächten sitze ich im Wohnzimmer und höre Musik. Immer und immer wieder dieselbe, den ersten Satz aus Schuberts Unvollendeter, den zweiten Satz aus Dworschaks neunter Symphonie, alles Tränen lösende Mittel für meine wunde Seele. Und wenn dieser unruhige Vogel in meiner Brust allzu sehr flattert, bekommt er in voller Lautstärke Le Sacre du Printemps von Igor Strawinsky zu hören, dann ist er für eine Weile gelähmt. Ich springe dann von meinem Sessel auf und laufe im Zimmer hin und her, her und hin. Als ob ich die ersten Schritte für ein neues Leben üben würde. Wahrscheinlich tue ich das auch.

ES IST MIR NICHT MEHR WICHTIG, OB ICH SCHMERZEN EMPFINDE ODER NICHT, ich will nur noch erkennen, mich selbst erkennen. Ich halte Abrechnung mit diesem Leben der Unfreiheit, der Hörigkeit, der Fixierung auf dich. Ich bin von dem Wunsch beseelt zu verstehen, mich zu verstehen, zu verstehen, wieso ich mir das alles habe gefallen lassen, wieso ich mir mich selbst habe verbieten lassen und dabei noch gemeint habe, glücklich zu sein. Ich habe so viele Jahre in Sprachlosigkeit gelebt, war willfährige Stichwortlieferantin für dich und habe meine Selbstbestätigung nur in dir gefunden.

Nun aber ist sie in mir aufgebrochen, diese zurückgestaute Quelle meiner eigenen Empfindungen und Gedanken, und sie sprudelt und sprudelt und fördert immer Neues zutage. Meine Abhängigkeit von dir, meine Angst vor dir, der Druck, den du erzeugt hast, auch sie hatten ihr Gutes. Sie haben mich so verdichtet, und mein ungelebter Widerstand in mir hat mich reifen lassen. Ich habe mich gesammelt, mich herauskristallisiert aus der Alltäglichkeit, aus der sinnlosen Vergeudung meiner verbindlich gefälligen Art. Du hast mich nicht zerbrochen, ich finde auf einmal eine konzentrierte, starke Persönlichkeit in mir. Nachdem ich ein halbes Leben lang mich in dir gesucht habe, zum Teil geglaubt habe, mich in dir und deinem Leben gefunden zu haben, bin ich endlich etwas Eigenes, Starkes, Vorwärtsschreitendes.

Und du - du bist für mich nur mehr Gefäß ohne Inhalt. Alles, was einmal in dir war an Zuwendung und Verständnis, ist vergangen, da ist nichts mehr für mich übrig, außer einigen verblassten Erinnerungen, gepaart mit etwas schlechtem Gewissen. Auch frage ich mich, warum ich dir immer noch diesen Brief schreibe, dir, den es gar nicht mehr gibt für mich. Mag sein, dass ich eigentlich einem Echo schreibe, das einst in mir ausgelöst wurde, als wir uns gegenseitig im Anderen durch unsere Liebe neu erschaffen haben. Vielleicht vergeht die Wirklichkeit und nur der Traum lebt weiter.

Ich träume mich zurzeit. Und werde mit jedem Tag wirklicher.

ICH SPÜRE BEREITS DIE STÄRKE IN MIR, OHNE DIESEN TRAUM VON LIEBE ZU LEBEN. Nach so langer Zeit wieder alleine zu sein und die Bitterkeit des Verlustes zu spüren, das ist schwer. Aber seine Trauer muss jeder selbst bewältigen, man kann nicht woanders leiden lassen. Indem ich endlich begreife, dass dieser Lebensabschnitt zu Ende gegangen ist, zerfallen unter großen Schmerzen, und ich die bittere Erkenntnis darüber zulasse, heile ich mich selbst. So hat auch der Schmerz seinen Sinn. Heute, trotz aller Dunkelheit, spüre ich, dass ich auf meinem Weg bin, auf einem Weg irgendwohin. Ich spüre, dass etwas in mir weitergeht. Eine Veränderung findet statt.

Das ist die Zeit des Wachstums, wenn wir nicht wissen, wer wir sind, wenn wir glauben, uns verloren zu haben, irgendwo im Lande der Schmerzen. Die Wehmut, die da ist, sie kommt aus dem Wandern zwischen den Zeiten und dem Nichtwissen, wohin man gehört. Dieses Hängen in der Dunkelheit bringt aber auch das Verlangen nach dem Licht, von dem man ahnt, dass es irgendwo ist. Hat schon jemals einer nachgedacht über die Schmerzen der Keimlinge, wenn sie mit ihren zarten Köpfchen durch das harte Erdreich durchmüssen, welch schwere Arbeit geleistet werden muss, tief in der Finsternis, um an das Licht zu kommen?

Es ist auch eine alte Weisheit, dass die Nacht am dunkelsten ist knapp vor der Morgendämmerung.

In mir entsteht die Hoffnung, dass alles, was mir geschieht, zu meinem Besten ist.

ICH WEISS, DU MAGST KEINE KLIMAK-TERISCHEN WEIBER, DAS HAST DU MIR OFT GENUG GESAGT, und deshalb hast du dir jetzt wohl auch eine junge Frau genommen, die meine Tochter sein könnte. Weil du mich nicht mehr gemocht hast, habe ich mich auch nicht gemocht, habe mich alt und hässlich gefühlt und überhaupt nicht liebenswert. Das war das Schlimmste, was du mir angetan hast, dass du meine Selbstachtung zerstört hast. Stück für Stück hast du mein Selbstwertgefühl vernichtet. Du, den ich so geliebt habe, du, für den ich einmal das Höchste und Wichtigste im Leben war und der dadurch zum Maß aller Dinge für mich geworden ist, du hast mir immer mehr und immer häufiger deine Miss-achtung gezeigt. Und ich habe mich demütigen lassen. Jetzt frage ich mich: Warum habe ich mir das von dir antun lassen von? Du hast meine Integrität zerstört, und dann hast du mich wieder liebevoll hinweggetröstet über diesen Verlust. Nie wäre dir diese Gehirnwäsche gelungen, wäre da nicht meine große Liebe zu dir gewesen.

Doch nun bin ich aus diesem Bannkreis hinausgetreten, und nachdem ich aufgehört habe, mich mit deinen Augen zu sehen, finde ich auf einmal Gefallen an mir. Stell dir vor - ich mag mich! Ich bin in den letzten Tagen stundenlang vor dem großen Spiegel gestanden und habe mich betrach-tet, habe versucht, herauszufinden, wer ich bin, wie ich aussehe, wie ich wirke. Überhaupt habe ich in letzter Zeit versucht, mich auch äußerlich zu erkennen, nicht nur innerlich. Und ich habe herausgefunden, dass ich wunderschöne Haare habe, eine glatte Haut und eine recht gute Figur, und wenn ich mich im Spiegel anlächle, habe ich strahlende Augen, ganz ohne Schminke. Mir gefällt die Art, wie ich mich bewege, ich spüre immer noch das Schlenkern aus den Hüften heraus, wenn ich ein Bein vor das andere setze. Und auch der Mund ist noch voll und sinnlich. Mir blickt eine attraktive, selbstsichere Frau aus dem Spiegel entgegen. Und ich merke auch jetzt, plötzlich, nach all den vielen Ehejahren und nachdem du schon so lange von zu Hause fort bist, jetzt, wo ich wieder den Blick nach vorne richte, dass mich so manche Augen nicht uninteressiert anblicken, dass mich Männer sehr wohl nicht links liegen lassen. Ich sehe es in ihren Gesichtern, dass genug darunter sind, denen ich noch gefalle. Aber vor allem: Ich gefalle mir selbst.

Ich glaube, ich werde ganz gut mit mir auskommen, ich mag mich nämlich.

VIELE MONATE HABE ICH NUN IN MIR SELBST GELEBT, ganz alleine mit mir, bin immer tiefer in mich hineingegangen. Die Stille und die Einsamkeit sind meine Vertrauten geworden. Einsamkeit ist auch: Zeit haben für sich selbst, sich selbst als Partner haben. Denken. Denken. Denken.

Anfangs leidet man. Plagt sich. Geht im Kreis. Ist verwirrt. Fängt wieder von vorne an. Wird in die Dunkelheit gezogen und in die Verbitterung. Aber man denkt weiter, geht weiter in seine Einsamkeit hinein, näher zu sich selbst. Und plötzlich kommt Erkenntnis; und Erkennen macht frei, also kommt auch so etwas wie Freiheit und die Nähe zu sich selbst.

Ganz tief bin ich in mich hineingegangen, bis in die Einsamkeit meiner Kindheit. Und ich habe endlich die Tränen geweint, die ich damals trotzig zurückgehalten habe, über das Alleinsein und das Unverstandensein in meiner kindlichen Welt. Diese wilde Sehnsucht von früher kam wieder, nach etwas, von dem ich nicht wusste, was es war, ich konnte es selbst nicht benennen, war doch äußerlich alles in Ordnung gewesen in meinem jungen Leben. Meine Eltern hatten mir alles gegeben, was sie zu geben hatten aus ihrem kargen, arbeitsreichen, sorgenbeladenen Leben, auch ihre Liebe. Sie gaben mir ein gutes Zuhause, und doch war da dieser brennende Wunsch nach einem Zuhause für meine Seele, nach Zärtlichkeit,

Verständnis, danach, angehört und getröstet zu werden.

Dieses Spüren in der Kindheit, dass ich Wünsche in mir trug, die andere nicht hatten, diese innere Not, dass niemand meine Sprache sprach und sie auch nicht verstand - ich habe das alles ganz tief in mir vorgefunden. Und ich habe es beweint. Eigentlich habe ich innerlich immer alleine mit mir gelebt. Es wurde mir zur Selbstverständlichkeit, alleine in meiner Welt zu leben. Dennoch war eine unendliche Sehnsucht da nach jemandem, der an dieser Welt teilhaben würde. Als ich dich traf, dachte ich, du wärst dieser Jemand.

Du träumtest den gleichen Traum wie ich von der großen Liebe, vom Außergewöhnlichen, von dem, was darüber ist über einem normalen, kleinen, möglichen Leben. Alle Wünsche, die jemals in mir waren - du hast an sie appelliert und Hoffnung erweckt, sie zu erfüllen. Einen eingeweihten, einen wissenden Menschen habe ich in dir gesehen, oder zumindest einen suchenden, so wie ich, unterwegs zur Wahrheit und zum Kern des Lebens. Alles war damals für mich so vage, noch so unverständlich, zu welchem Ziele ich unterwegs sei. Und ich habe dich für die richtige Begleitung gehalten, unterwegs in dieselbe Richtung wie ich.

Viele Jahre haben wir unsere Nähe gelebt, haben Kinder in die Welt gesetzt und sie in Liebe großgezogen. Aber mit der Zeit wurden deine Fragestellungen andere als die meinen und deine

Antworten auch. Jahrelang habe ich deine Dialoge geführt, deine Erkenntnisse angenommen. Aber sie haben mich nicht gesättigt, und meine Fragen konnte ich dir nicht mehr stellen, plötzlich fandst du sie dumm und unnotwendig. So wurde ich stumm neben dir. Nie habe ich mich gewehrt gegen deine Klugheit, gegen deine Überlegenheit, gegen deine Allwissenheit. Ich akzeptierte, dass du immer im Recht warst. Daneben spürte ich wieder diese hoffnungslose Verlassenheit meiner Kindheit mit meinen vielen Fragen an das Leben, mit denen ich wieder alleine leben musste.

Aber aus diesem Stummsein, aus diesem sich alles Gefallenlassen, tauchte ich dann auf einmal auf, dann, als ich nicht mehr mitansehen konnte, wie unsere Kinder, sich der Pubertät nähernd und dir nicht mehr so bedingungslos ergeben, wieder zu diesem Stummsein erzogen werden sollten. Ich weiß, das nimmst du mir am meisten übel, dass ich sagte, Kinder hätten auch ein Recht auf eine Meinung, selbst wenn sie falsch erscheine, Kinder hätten ein Recht darauf, ihre eigenen Fehler zu machen, selbst Entscheidungen zu treffen, Kinder müssen nicht immer blind gehorchen.

Auch heute stehe ich noch zu dieser Meinung, und wenn es das war, was unsere Ehe kaputt gemacht hat, dann war sie nicht viel wert und es ist gut, dass sie zerbrochen ist.

ES GAB TAGE, DIE WAREN SO DUNKEL, DASS ICH MIR NICHT VORSTELLEN KONNTE, DASS ES AUCH NOCH EINE NACHT GEBEN SOLLTE. Aber ich bin durch alle hindurchgegangen, mitten durch, durch die dunkelsten Stunden der dunkelsten Nacht. Tief in mich hinein. Und da drinnen, in meiner innersten Einsamkeit, bin ich dann meinem eigenen Leben begegnet. Tief in mir habe ich eine Welt entdeckt, in der meine Seele ein Schattendasein geführt hat, in ihrem selbstgewählten Gefängnis, angstvoll verborgen, um nicht entdeckt und vernichtet zu werden. Du hast all die leuchtenden Facetten meiner Seele eingeebnet, du hast die Fenster mit grauen Tüchern verhängt, durch die meine inneren Augen zu sehen versuchten, bis meine Seele wie ein hungriges Gespenst, in Dunkelheit gesperrt und nach Erlösung lechzend, sich dir verweigert hat, sich vor dir gefürchtet hat, aber auch mir nicht mehr vertraut hat, denn ich war nicht mehr ich, nicht mehr eins mit der Frau, die mit dir gelebt hat und versucht hat, dir alles recht zu machen.

Doch der Druck, den du auf mich ausgeübt hast, hat mich nur an der Oberfläche dünn und farblos werden lassen. Alles Leben, das ich nicht führen durfte, alle Gedanken, die ich mir nicht erlaubt habe zu denken und schon gar nicht auszusprechen, sie sind dort hinuntergetaucht und haben überlebt, haben sich vermehrt, fingen an zu wuchern und ihr eigenes Leben zu führen.

Das war die Zeit, als ich anfing, wortkarg zu werden, antriebslos, als mein Lachen leise wurde und mein Lächeln schmerzlich. Abgeschnitten war ich von meiner Wirklichkeit. Als dein dir Beifall spendendes Geschöpf lief ich durchs Leben, einzig darauf bedacht, deine Wünsche zu erfüllen, damit du mit mir zufrieden bist, damit du mich endlich wieder liebst und ich dir gefalle.

Nun bin ich dabei, die Integrität meiner Seele wiederherzustellen. Stückweise suche ich mich zusammen, in morastiger Erde, in trockenem Sand, zwischen welken Blättern. In finsteren Kammern suche ich und in abgelegenen Gebäuden. Mein Seelenhunger frisst sich durch die dicken Wände der alten Resignation. Und das Glücksgefühl ist groß, wenn ich wieder eine Scherbe, und sei sie noch so klein, von meiner Ursprünglichkeit entdeckt habe. Blank poliere ich sie und freue mich, wenn sie dann, glänzend und leuchtend, zu den anderen Teilen getan werden kann. Jeder Fund fügt meiner Lebensfreude neue Vitalität hinzu.

Ich vernehme wieder die Stimme meines eigenen Lebens, sie singt das Lied meiner verlorengegangenen Träume, und sie zieht mich vorwärts in die Helligkeit und in die Zuversicht.

HEUTE MÖCHTE ICH DIR EINMAL ETWAS ÜBER DIE FREUDE ERZÄHLEN UND ÜBER DAS GLÜCK. Es ist schon sehr lange her, dass wir so etwas gemeinsam erlebt haben. Doch nun habe ich in meinem Leben, das ich mir neu gebaut habe, nach all dem Dunklen, alle Fenster geöffnet und lasse das Licht herein. Wie hell es ist, mein Leben! Es war schwere Arbeit, bis es soweit war. Erst musste ich meine trüben Gedanken gegen hellere austauschen. Jedes Mal, wenn so ein trauriges Gefühl in mich Einzug halten wollte, habe ich mich gewehrt und habe mich auf etwas Schönes konzentriert. Es gibt so viele kleine Wunder des täglichen Lebens, man muss sich nur umsehen. Jeder Vogel, der an uns vorbeifliegt und uns ein Lied singt, jede Blüte und jeder Wassertropfen auf einem Grashalm erzählen uns etwas von der Schönheit der Welt. Man muss nur hinsehen und alles in sich hineinlassen.

    Das andere, das Schwarze, habe ich aus mir hinausgeworfen. Ganze Gedankenströme und Denkmuster habe ich durch andere ersetzt. Ich habe mir immer und immer wieder bewusst gemacht, dass alles, was mir geschieht, zu meinem Besten ist, dass ich es vielleicht jetzt noch nicht verstehe, aber dass ich es irgendwann begreifen werde. Ich habe mir gesagt, dass ich in Gottes Hand bin, und habe mich dem Vertrauen in diese höhere Macht hingegeben, und es hat mich ruhig gemacht und zuversichtlich. In etwas Sanftes und zugleich doch Starkes, das mich beschützt wie die Mutter ihr Neugeborenes, habe ich mich hineingelegt und alle Sorgen haben aufgehört. Frei bin ich geworden für Neues, nachdem das Alte aus mir hinausgeweint, hinausgedacht, hinausgelebt war. Alles, was jetzt zu mir kommt, kommt aus meinem neuen, starken Leben, und diese Stärke habe ich in all den dunklen Stunden, durch das Überwinden meiner Trauer, gefunden. Vielleicht ist das der Sinn des Leidens, dass es das Alte ausbrennt und Platz schafft für neues Glück, dass es uns neue Kraft bringt und neue Lebensfreude.

Ja, Freude! Nie hätte ich es für möglich gehalten, dass ich wieder solche Freude in mir spüre. Jeden Morgen, an dem ich erwache, jeden Tag, in dem ich lebe, könnte ich preisen und loben. Ich bin in meinem Leben, mir selbst verantwortlich, ich kann über meine Zeit verfügen, ich kann meine eigenen Entscheidungen treffen. Ich kann sogar meine eigenen Fehler machen, ohne dass mich jemand rügt und lächerlich macht, denn du merkst sie jetzt ja nicht. Und ich verzeihe mir, denn ich bin großzügig, auch zu mir. Überhaupt, ich bin sehr gut zu mir und sehr liebevoll. Denn ich bin nun einmal meine Partnerin, der Mensch, der mir am nächsten steht. Mein Leben mit mir - du kannst dir nicht vorstellen, wie schön es ist.

ICH GLAUBE, ICH HABE MICH JETZT ZIEMLICH BEFREIT VON DIR. Denn ich habe dir verziehen, ich habe mich versöhnt mit dir, nun, da ich die nötigen Erkenntnisse erlangt habe, um zu verstehen.

Wenn du eine andere mehr liebst als mich, oder eine andere liebst und mich nicht mehr, wie immer es sein mag, dann willst du ganz einfach mit ihr leben, und nachdem du das vor dir selbst nicht zugeben konntest, hast du Argumente gebraucht, um mich zu verlassen. Dein Herz hat sich gegen mich gestellt und hat mich schlecht gemacht, solange, bis du geglaubt hast, genügend Gründe gegen mich zu haben, um zu gehen. Du hast es nicht besser verstanden. Aber ich verstehe es jetzt. Und ich verzeihe dir. Ich entlasse dich aus meinem Herzen.

Frei bin ich von dem Schmerz darüber, was du mir angetan hast, frei von der Wut, was ich mir habe antun lassen, frei von verletztem Stolz der verschmähten Frau und frei von der Verbitterung der Verlassenen.

Ich habe losgelassen. Ich bin frei.

Nun baue ich mir meine eigene Welt.

MIT SICH SELBST LEBEN – WELCH REICHTUM! Denn alleine sein ist nicht Einsamkeit, sondern Fülle. Alleine leben: sich ausdehnen in die Weite, hinabsteigen in die Tiefe und in das Dunkle, mehr werden, sich seiner selbst bewusst werden, hineinhorchen in das eigene Sein, in die Zeit, die rinnt; größer werden, Besitz ergreifen von dem bis jetzt noch nicht Gelebten, unbekannte Gefühle zulassen und sie einbauen in das Bisherige, Stufe um Stufe sein Bewusstsein erweitern, sich aufmachen, sich verströmen und Neues in sich hineinlassen. Es ist meine eigene Welt, in der ich lebe, eine neue Wirklichkeit, aus Denken und Imagination geschaffen, da ist Platz für Träume, die Kinder der wiedergefundenen Sonne.

Ich habe in mir ein kristallenes Haus gebaut aus Stille und Freude und aus dem Überschwang der Gefühle heraus, und das Schweigen ist beredt, und die Stille ist lebendig. Wenn man weit genug in seine Einsamkeit hineingeht, in dieses dunkle, kühle Gewölbe der Stummheit, wenn man den Mut hat, immer weiter zu schreiten, dann wird es auf einmal hell und warm und man findet funkelnde Freude und den Glanz des Überflusses. Man ist zu Hause.

Mir wird die Gnade des bei mir selbst Seins zuteil.

Aber auch das Hineinleben in anderes gelingt mir. Meine Gedanken fliegen mit den Vögeln und Schmetterlingen, ich fühle das Schnurren der

Katze und ich spüre, wie der Maulwurf gräbt und seinen seidenen Pelz trägt, wie der Fisch schwimmt und die Blüte duftet. Ich lebe in der Gegenwart, in jedem Pulsschlag der Ewigkeit, und jeder Moment ist groß und lebendig. Ich bin in der Zeit, und sie ist in mir als ewig dahin ziehender Strom der Unvergänglichkeit. Leicht ist meine Hand, durch die das Leben fließt, und halb geöffnet. Ich habe meine innere Weite ausgelotet.

Alles lasse ich zu.

ÜBER ETWAS – SEHR WICHTIGES – MUSS ICH NOCH SCHREIBEN, etwas, das bis jetzt bestenfalls zwischen den Zeilen gestanden ist und das doch einen ganz wesentlichen Platz in meinem Leben einnimmt. Es ist die Freundschaft. Was wäre mein Leben ohne Freunde: unvorstellbar! Und sicher nicht so glücklich. Einen Freund zu haben ist wie im Sonnenschein zu leben, es macht das Leben erst richtig reich. Ein Freund ist jemand, der für mich wichtig ist und für den ich wichtig bin. Wir nehmen Anteil am Leben des Anderen, an seinen Sorgen und Kümmernissen, und wir freuen uns mit ihm, wenn er glücklich ist. Es ist wie in der Liebe.

Denn Freundschaft ist auch Liebe, in einer anderen Art als zwischen Mann und Frau, aber es ist das gleiche warme Gefühl der Zuneigung für ein anderes Geschöpf. Es ist die Huldigung an die Einmaligkeit eines anderen Menschen, den man annimmt, wie er ist, neugierig auf sein Wesen, seine Gedanken. Jemanden ganz annehmen, so wie er ist, ist schon ein Teil der Liebe, auch der Freundschaft. Ich habe so viel zu geben und ich bin froh, dass ich Menschen gefunden habe, die das gerne nehmen, was ich zu geben habe, und wahrscheinlich ist es ein Naturgesetz, dass dann wieder viel zurückkommt, manchmal mehr als ich gegeben habe, scheint mir. Eingebettet zu sein in das Verständnis und die Zuwendung von vertrauten Menschen und selbst ein Freund sein zu dürfen, mit jemandem zu leiden und sich mit jemandem zu freuen - es ist die Wirklichkeit des Lebens spüren. Erst wenn man sich ganz einem vertrauten Gegenüber öffnen kann, lernt man sich und seine Gedanken kennen, denn wenn da einer ist, der zuhört, dann fließt es viel leichter aus dem Inneren heraus.

Geben und annehmen können, es ist ein lebendiger Fluss der Gefühle, der glücklich macht. Einen Freund zu haben bedeutet schon, reich zu sein. Mein Reichtum ist unschätzbar, wertvoller als Gold und Diamanten, denn ich habe echte, gute Freunde.

FRÜHLING IST ES WIEDER. Ein gewaltiger Sturm fegt über das Land, reißt an meinem Herzen, an meinen Sinnen, ruft in Erinnerung, dass ein altes, sturmerprobtes Herz in dieser Brust schlägt. Ein altes? Ewig jung ist es, jung empfindet es, kräftig schlägt es, wenn es sich auch noch manchmal schmerzlich krümmt. Schmerzlich und doch irgendwie erwartungsvoll. Worauf? Welcher Frühling ist denn? Mein Sommer ist vorbei, ich bin mitten im Herbst und es wartet der Winter.

Und doch ist es Frühling. Für einen Moment auch in mir, Zeit der Erneuerung, des ewigen Werdens nach dem Vergehen.

ICH KOMME AUS DEM LAND DER UNBE-GRENZTEN MÖGLICHKEITEN ZURÜCK. Und es ist ein Land der unbegrenzten Möglichkeiten, auch der unbegrenzten Phantasie und Empfindungen. Ich war drei Wochen in New York. Es war phantastisch, es war marvellous.

Immer schon, schon als Kind, wollte ich einmal in den Straßenschluchten dieser Stadt gehen und wissen, wie es ist, wenn man hinaufschaut zu den Wolkenkratzern, hinauf zu den obersten Stockwerken, und wie klein man sich dann wohl fühlen mag. Nun weiß ich es, und ich habe mich gar nicht so klein gefühlt, ganz im Gegenteil. Auch Größe kann abfärben. Ich weiß nun auch, wie man sich fühlt, wenn man von ganz oben hinunterblickt. Einen Abend lang bin ich am Empire State Building gestanden und habe zugesehen, wie es Nacht wurde und wie in allen Gebäuden rundum die Lichter angingen. Ich habe diese vielen Tausenden von Lichteraugen wie einen leuchtenden Sternenhimmel, in den ich eingebettet war, in mich aufgenommen. New York ist toll. Ich habe gelernt, die Schönheit neu zu definieren, und auch die Freiheit. Ein neues Lebensgefühl ist gekommen, und die vielen Möglichkeiten des Lebens und die Weite der Welt sind mir aufs Neue bewusst geworden.

Ich weiß gar nicht, wo ich anfangen soll mit dem Erzählen, so überwältigt bin ich immer noch von den Eindrücken, die diese Stadt in mir hinterlassen hat. Aber es ist ohnedies müßig, davon zu erzählen, man weiß doch so viel darüber, fast in jedem amerikanischen Spielfilm werden einem die Skyline und die Straßen von New York vorgeführt, und wir - meine Freundin Lisa war mit mir - haben uns das alles angesehen, alles, alles, was wir in drei Wochen unterbringen konnten. Wir sind wie aufgezogen durch die Straßen gegangen, in Geschäfte hinein und heraus, ganze Tage haben wir in Museen verbracht, wir sind mit dem Boot rund um Manhattan gefahren, wir sind im Central Park im Gras gelegen, waren in Theatervorstellungen und Musicals, wir sind in Galerien gegangen und immer wieder durch Straßen und Straßen, und immer waren da Menschen, viele, und einer war interessanter als der andere. Dabei waren es die heißesten Juliwochen, die New York in den letzten Jahren erlebt hat, bis 45° C im Schatten! Und ich, die ich bei unseren gemäßigten Sommertemperaturen dahinvegetiere wie eine müde Herbstfliege, ich bin mit Elan und Unternehmungslust durch die Straßen gelaufen und habe geschaut und geschaut und habe nicht genug bekommen. Ich war wie berauscht, nie konnte ich aufhören, noch etwas zu unternehmen und noch etwas anzuschauen.

Manchmal tat mir Lisa schon leid, wenn sie mit meinen Begeisterungsausbrüchen nichts mehr anfangen konnte und wenn ich schon zum soundsovielten Male mit leuchtenden Augen „ist es nicht wunderbar" oder Ähnliches sagte. Wir haben bei meiner Tante, einer sehr lieben, mir nahestehenden Tante, auf Long Island gewohnt und sind jeden Tag mit dem Bus und mit der Untergrundbahn nach Manhattan gefahren. Eine Stunde etwa hin und auch so lange wieder zurück. Ich weiß, das klingt mühsam. Ist es aber nicht, ich möchte sagen, das hat den besonderen Reiz dieses Urlaubes ausgemacht. Wie sonst käme man in den Genuss, die Menschen so intensiv aus der Nähe zu beobachten. All die verschiedenen Menschen in ihrer Natürlichkeit und in ihrem täglichen Tagesablauf, unverstellt waren sie, vielleicht noch unausgeschlafen oder schon wieder müde, mit ihrem Alltagsgesicht, jeder seinen Gedanken nachhängend, vielleicht ungeduldig und in Zeitdruck oder auch mit großer Gelassenheit. Man meinte, fast hineinsteigen zu können mit seinen Gedanken in ihre Gesichter.

Sehr viele Farbige aller Nationen, aber vorwiegend afro-american people, waren unsere täglichen Reisegefährten in Bus und U-Bahn. Vor allem die Menschen mit dieser dunklen Haut hatten es mir angetan, mit ihrer geballten Kraft, diesem Schwung und der Lebensfreude, der Art, wie sie sich bewegten, als hätten sie Musik in den Muskeln, dem Wiegen in ihren Hüften, der Buntheit ihrer Kleider. Die Frauen hatten phantasievolle und kunstvolle Frisuren, schon die kleinen Mädchen waren nett und adrett hergerichtet und ihre großen, dunklen Augen, schienen alle Gefühle dieser Welt widerzuspiegeln. Es hat mich unwiderstehlich zu ihnen hingezogen. Mein soeben wiedererlangtes Selbstvertrauen und meine neue Lebenskraft haben in mir eine Verwandtschaft entstehen lassen zu diesen bis vor Kurzem unterdrückten Menschen, die immer noch um die Anerkennung ihrer Gleichwertigkeit kämpfen müssen. Als Blutsbruder habe ich mich gefühlt, und wenn ich fallweise mein Bild in einem Spiegel erblickt habe, war ich ganz erstaunt, dass ich helle und nicht auch dunkle Haut habe, war doch mein Bewusstsein mit schwarzer Hautfarbe versehen. Auch ich habe eben erst ein neues Selbstverständnis erlernt, wie diese Menschen.

Ich habe sie lieben gelernt, die Menschen von New York. Für mich ist es eine der freundlichsten Städte, die ich jemals besucht habe, ich habe nur Positives erlebt. Meine Tante, die dort zu Hause ist, hat zwar gesagt, das stimme nicht, die Menschen kümmerten sich nicht um einander und es gäbe so viel Arges und Böses. Und wenn die Menschen zu mir so freundlich seien, müsse das an meinem leuchtenden Gesicht liegen, dem niemand widerstehen könne, und ich färbe vielleicht ab, sogar auf die Bevölkerung von New York, denn Begeisterung sei ansteckend.

Wir waren aber auch voll Übermut und Überschwang und voll mit einer kindlichen Freude in dieser neuen Umgebung mit so viel Leben. Wir gingen auch in die Lebensmittelabteilung eines Supermarktes. Die Augen wurden fast erschlagen von der überquellenden Fülle des Angebotes. Es gab alles! Und alles war prall und vollgefüllt, und die Menschen, die aufgehäufte Einkaufswagen voll mit Lebensmitteln vor sich herschoben, waren auch prall vor Wohlgenährtheit und Übergewicht. Zu Bergen getürmt boten sich alle nur erdenklichen Sorten von Obst und Gemüse und jede nur vorstellbare exotische Frucht und jede erlesene Delikatesse dar. In den Regalen war eine Auswahl von allen möglichen Leckerbissen, ein ganz großes Sortiment gab es von fettfreien Keksen und zuckerfreien Getränken, damit man mehr davon zu sich nehmen kann, denn essen schien die Lieblingsbeschäftigung der Leute hier zu sein.

Plötzlich, mitten unter all diesen übergewichtigen Leuten, trat vor mein geistiges Auge eine andere Szene, die ich vor Jahren erlebt hatte, damals in Moskau, ein Jahr vor dem Ende der Regierungszeit von Gorbatschow. Ich war auch in ein Geschäft getreten, neugierig, was es hinter den von Schmutz undurchsichtigen Auslagenscheiben zu kaufen gäbe. Nichts war dagewesen außer ein paar Krautköpfen und ein paar Dosen mit eingelegtem Gemüse. Die Tiefkühlvitrinen hatten vor gähnender Leere gestrotzt, nur dicke Eisklumpen hatten sich um die Kühlschlangen am Boden der Vitrinen gebildet. Sperlinge hatten an einem aufgerissenen Mehlsack gepickt. Brot hatte es gerade noch gegeben. Sonst war nichts in dem Geschäft gewesen, außer wartenden Menschen. Dann war auf einmal Bewegung in die wartende Menge gekommen. Jemand vom Verkaufspersonal hatte einen Arm voll tiefgefrorener Fische in die Richtung einer der Kühlvitrinen getragen. Aber er war nur die halbe Strecke gekommen, dann waren seine Hände leer gewesen, die Flinksten unter den Wartenden hatten ihm, jeder nur ein Paket, diese ungewohnte Köstlichkeit entrissen. Der Rest der Leute war leer ausgegangen und hatte weitergewartet, mit stumpfen Gesichtern.

Und dann das hier! Sogar für unsere gesättigten Mägen, wie wir sie aus Mitteleuropa mitbringen, war das Völlerei und Maßlosigkeit. Mussten die Menschen hier etwas mit Essen ausgleichen, etwas, das ihnen fehlte? War Essen Ersatzhandlung für andere Werte, setzten sie es mit Leben Genießen gleich? Wer weiß. Dabei war New York so schön! Wir hatten - trotz der überschwänglichen Gastfreundschaft, die uns in diesem Land entgegengebracht wurde - nicht so viel Zeit zum Essen. Lieber standen wir uns die Füße in den Bauch vor den wundervollen Bildern und sonstigen Kunstwerken in so manchem Museum.

Ein Bild möchte ich noch beschreiben, das ich nie vergessen werde. Es war in keinem Museum, es war in der Untergrundbahn. Zwei Mütter saßen nebeneinander mit ihren Babys. Die eine, ganz hellhäutig, zart, mit langen, gelockten, blonden Haaren und auch einem blonden, hellen Baby, die andere prall, rundgesichtig, mit ganz dunkler Haut, breiter Nase, wulstigen Lippen und schwarzen, kurzen, gekräuselten Haaren, auch das Baby ganz dunkel, mit krausem Lockenkopf und großen, schwarzen Augen. Dann fingen die Babys miteinander zu spielen an, tapsend, neugierig, aneinander interessiert und quietschend vor Freude. Das Lächeln in den Gesichtern der beiden Mütter, liebevoll, verständnisvoll, den anderen zugeneigt - ich nahm es mit als das schönste Bild, das ich in dieser Stadt gesehen habe.

Es war so vieles, was ich erlebt habe. In dieser Stadt habe ich ein neues Gefühl von Freiheit kennengelernt und auch von Unfreiheit. Die Grenzen haben sich gedehnt, der Horizont erweitert. Die Augen haben neu sehen gelernt. Nun, da ich wieder zu Hause bin, in meiner kleinen, vertrauten Welt, halte ich Rückblick und horche in mich, was geblieben ist von dieser Zeit.

Ich habe die Weite der Welt gewonnen. Über die Mauer bin ich gestiegen, die mein Leben begrenzt hat. Nun kann ich mir vorstellen, irgendwo zu wohnen, an irgendeinem Platz auf der Welt, denn anderswo ist es auch schön. Alles ist wieder möglich. Auch in mir ist es weit geworden.

ALLE JAHRE MEINES LEBENS HABE ICH IN DEM BEWUSSTSEIN GELEBT, die Frau erst werden zu müssen, die ich in mir trage, ich habe gespürt, dass ich unterwegs bin zu mir selbst.

Nun weiß ich auf einmal, dass ich bei mir angelangt bin, dass ich mich gefunden habe. Niemanden brauche ich mehr, der mich stützt und an dem ich mich orientieren kann. Ich bin endlich ich selbst geworden. Das Maß, mit dem ich messe, der Spiegel, in den ich blicke, das Für und Wider, alles bin ich mir nun selbst.

Es ist ein schönes Gefühl, bei sich selbst zu Hause zu sein. Ich bin in der Mitte meines Lebens, meines eigenen Lebens.

Zulassen

DAS MEER HAT EIN UNGLAUBLICHES BLAU UND NOCH EIN BLAU UND NOCH EINES, und jedes ist unglaublicher und schöner als das andere und vorige. Dann der Himmel, der sich darüber spannt - es ist der Himmel des Paradieses, in dem wir leben. Die Sonne auf dem Wasser mit ihren tausendfachen Lichtspielen und Ornamenten, das Rollen und leichte Klatschen der Wellen, die weißen Schaumkrönchen darauf, die Leichtigkeit der Wolken, die Düfte der Luft, der Zauber des Südens: welche Fülle! Die Farben, die Formen, die wohlige Wärme, alles ist zum Überfließen, alles ist Verschwendung, uns zum Wohle und zum Genießen gegeben. Das Auge kann sich nicht satttrinken, die Gefühle auch nicht.

Ich sitze hier in einer menschenleeren Bucht einer griechischen Insel und schreibe die letzten Seiten meines langen Briefes an dich, bevor ich ihn dann zerreißen und ins Meer streuen werde. Aber ich muss ihn zu Ende schreiben, so wie ich diese ganze Geschichte zu einem Ende gebracht habe, nachdem nun eine neue begonnen hat. Jung bin ich wieder, und meine Gefühle sind jung, der Überschwang ist wieder da, das Wunder ist geschehen, und das Leben ist neu. Ich bin im Kreislauf des Lebens, eine wiedergewonnene Kraft ist in mir und ein neuer Frühling hat begonnen.

Nein, ich bin nicht allein, ich bin mit ihm auf Urlaub gefahren, nach Griechenland, das erste Mal in meinem Leben, nachdem ich dich jahrelang angebettelt habe, mit mir doch einmal nach Griechenland zu fahren, und du das nie getan hast, wir müssen für wichtigere Dinge sparen, hast du immer gesagt, und außerdem, was sollst du dort. Nun weiß ich, warum wir nie gefahren sind. Es musste wohl aufgespart werden für jetzt, für ihn und mich. Etwas so Großes muss jungfräulich erlebt werden, muss das erste Mal sein. Hier, wo das Paradies von Adam und Eva gewesen sein muss, wo noch die griechischen Götter in der Nähe leben und wo ich nun im Paradies bin, hier erlebe ich dieses Unglaubliche, das ich mir nicht einmal vorstellen konnte und schon gar nicht wünschen.

Wer er ist, ob du ihn kennst? Ja und nein. Für dich ist er ein unscheinbarer, unbedeutender Mann, kein Akademiker, so wie du, nicht besonders erfolgreich und auch gesellschaftlich nicht so angesehen wie du. Er scheint nicht wichtig zu sein, zumindest für solche Augen, mit denen du beurteilst.

Auch für mich war er jahrelang irgendein Mann, mit dem ich beruflich zu tun hatte, den ich aber eigentlich nie wirklich bemerkt habe. Irgendwann habe ich ihn dann aber doch gesehen, habe in seinen Augen mich als Frau, als bewunderte, als begehrte Frau gesehen, und ich habe in die Augen eines Mannes geblickt, den ich bis dahin nie wahrgenommen hatte. Lange hat dann dieses Abtasten gedauert, Blicke, Worte, inhaltsschwere Sätze, Fragezeichen, verwirrende

Unsicherheit. Die Tage, an denen ich ihn, immer noch nur beruflich, sah, wurden wertvolle Tage. Dann kamen längere, persönliche Gespräche. Das, was er sagte, klang nicht so imponierend wie das, was du sagst. Seine Arbeit, die er tut, wird nicht als so wichtig eingeschätzt wie deine und ist auch nicht so hoch dotiert, aber er tut sie gerne und er hat Freude daran. Er ist einer, der nicht das Selbstwertgefühl anderer zerstören muss, um selbst gut dazustehen. Ich fand heraus, dass er ein Mensch ist, der anderen auch ihren Platz lässt, der nicht jedem beweisen muss, dass er selbst der Klügste ist, und das hat mir sehr gefallen. Seine altruistische Art und seine einfache Betrachtungsweise des Lebens haben mich sehr für ihn eingenommen, denn die wichtigen Dinge im Leben sind immer einfach.

Immer mehr hatten wir uns zu sagen, wollten wir vom anderen wissen, hat es uns zueinander hingezogen. Trotzdem blieb Distanz, für lange Zeit, bis dann diese zufällige, kurze Berührung kam, zwei seiner Finger an meinem Handgelenk, knapp unterhalb vom Ärmelsaum. Wie ein elektrischer Schlag war es, der den Körper durchzuckt, ein auflodorndes Feuer in trockenem Holz, ein Schauer lief über den Körper, sämtliche kleine Härchen auf der Haut stellten sich auf, ein wunderliches Gefühl in der Magengrube. War das Amors Pfeil, der traf?

Heute weiß ich, dass dem so war, dass er sich mit den Überirdischen verbündet hatte, denn nun habe ich erfahren, dass er selbst eine Inkarnation eines alten Liebesgottes, Amor oder Eros, sein muss, denn zu unirdisch ist das Erlebte mit ihm.

Damals war ich verwirrt, wehrte mich, sah ihn daraufhin eine Woche lang nicht. Das neue Zusammentreffen war dann das von anderen Geschöpfen, er war ein anderer für mich, und ich war auch eine andere. Er war dieser Mann, der das wollte, was ich zu geben hatte, der mich wollte, keine Klügere, keine Jüngere, keine Bedeutendere. Mich wollte er, so wie ich war. Und Dankbarkeit dafür, angenommen zu werden, ist ein guter Boden für die Liebe. Aber an so große Worte dachte ich vorerst nicht. Liebe, Liebe zwischen Mann und Frau, war etwas, das mit dir gestorben war, meinte ich. Doch sie kam, die Liebe, unaufhaltsam, sie stürzte über uns und riss uns mit sich hinweg.

Alle Seligkeiten dieser Welt erleben wir und die Freuden, die nur die Götter schenken können.

Ich würde dir das alles nicht schreiben, bestünde die Möglichkeit, dass du diesen Brief liest, aber du wirst ihn nie zu Gesicht bekommen, das Meer, das ewige, wird ihn in seinem wiegenden Schoß verschlingen.

Ich muss dir noch sagen, was ich alles entdeckt habe, hier in Griechenland, an der Wiege der Götter, wo sie immer noch leben und unsere

Geschicke lenken. Hier habe ich so vieles – auch vieles über mich – erfahren. All die alten Geschichten und Sagen sind Wirklichkeit! In diesen herrlichen Tagen und Nächten, in diesen langen Stunden des Suchens und Findens und Staunens, in den Momenten der Verzauberung und Unwirklichkeit sind sie uns alle nahegekommen. Faune liegen im Gras und lauern hinter blütenschweren Sträuchern. Pan selbst geht, auf seinem Hirtenrohr spielend, durch die Haine, zwischen Olivenbäumen und kalkweißen Gemäuern, und hält Ausschau nach sonnenwarmer Haut und wehenden Haaren.

Die alten Geschichten geschehen immer und immer wieder, und wir, die wir glauben, dass sie Ferne sind und wir seien moderne Menschen, wir begreifen auf einmal in der Verzückung und Verrückung unserer tiefsten Gefühle, dass wir ihren Platz einnehmen, dass sie durch uns weiterleben, fort und fort. Zur Medea eigne ich mich nicht, längst schon habe ich Jason aus meinem Leben entlassen. Und war ich jemals Penelope, so habe ich meine Rolle in der alten Geschichte geändert, denn ich warte auf keinen Odysseus mehr. Ich habe alle Tränen geweint, alle Sehnsucht verbraucht, und da ist nichts mehr in mir, das mich befähigt, wie Penelope zu empfinden.

Aber eigentlich weiß ich ja, dass ich Aphrodite bin, zwar mit Hephaistos, dem Ungetreuen, verheiratet, aber die Liebe ist dennoch wieder zu mir gekommen, so wie sie immer wieder neu zu ihr gekommen ist. Ich spüre die alte Göttin in mir, ewig jung, ewig voll Liebe, unvergänglich. Ich spüre ihren brennenden Körper, ihr Sehnen ist meines und ihre Erfüllung die meine. Äonen tropfen von meinen Fingern, wenn ich sie streichelnd bewege, und doch ist es das erste Mal, dass ich solch weiche, Süße spendende Lippen küsse, denn alles ist vergessen, was jemals war. Jeder Tag wird neu geschaffen, neu erfunden, und alles Alte ist immer wieder jung und unberührt.

Léon hat blonde Haare, etwas gelockt, wenn sie nicht allzu kurz geschnitten sind, eigentlich sind sie schon ein bisschen grau und an der Stirn etwas gelichtet. Aber nach so vielen Tausenden von Jahren, noch dazu immer in Aphrodites Nähe, darf auch ein in die Jahre gekommener Gott ein paar Haare verlieren. Doch wenn meine Finger in seinem Haar spielen, dann finden sie einen vollen Lockenkopf vor. Und seine Stimme - oh, wie das Meer, wenn es singt und lockt, so nimmt sie mich gefangen mit samtig weichem Klang, manchmal voll leiser Zärtlichkeit, und dann doch wieder voll tönend und bestimmt. In ihr liegen alle Klänge dieser Welt, vom leisen Summen der Bienen auf einer Sommerwiese bis hin zum fernen Grollen eines aufziehenden Gewitters, sie rieselt mir über den Rücken, sie geht unter die Haut, sie ist süß wie wilder Honig und fest wie die Felsen am Meeresufer. Hört man genau hin, liegt in ihr alles Versprechen auf Erfüllung, auf noch zu Sagendes und auf all das, das man gar nicht in Worte kleiden muss. Klang ohne Worte, Melodie in der Stille. Das genügt. Aber er hat auch viel zu sagen. Er erzählt von den einfachen, von den wichtigen Dingen im Leben. In ihm ist noch das Kind, das empfindet. Seine Gefühle sind noch nicht vom Intellekt zerfressen. Sein Streben geht nicht nach Wissen, sondern nach Erkennen und Verstehen, und er geht vorsichtig um mit den Gefühlen anderer. Léon ist ganz einfach ein Mensch, ein guter Partner, der auch mir Platz lässt.

So sitzen wir dann die halben Nächte und sprechen und sprechen, dunkler Wein funkelt in Gläsern, der Wind bringt die Düfte und Geräusche vom Meer her. Nie können wir ein Ende finden mit unseren Gesprächen, nie genug bekommen vom einander Ansehen und dem Suchen nach dem Anderen, vom Spüren der Nähe des Anderen, vom ganz bei ihm sein Wollen. Wenn ich dann in seine Augen voll mit Träumen blicke, könnte er alles sein, Léon oder Hermes oder Dionysos oder einer der alten sagenumwobenen Könige, der seiner Königin huldigt, vielleicht aber auch nur ein einfacher Ziegenhirte, der von seiner Herde auf sonniger Weide heimgekehrt ist, die selbstgeschnittene Flöte noch in der Manteltasche mit sich tragend, und ich warte darauf, dass er mir eine Melodie spielt.

Die Nächte sind lau, die schweren Düfte von Oleander und Lorbeer durchziehen das mondhelle

Zimmer, selige Gefühle hängen als leichtgewebte Vorhänge um das Bett, in die Stille dringt das Zirpen der Zikaden, in der Ferne rauscht das Meer, und ich höre das Atmen meines Geliebten neben mir. Wenn er dann wach wird, mit traumbeladener Stirn, tastet er nach meinem Körper, um in die Gegenwart zu finden, taucht auf aus fernen Zeiten, und wir leben beide eine beglückende Gegenwart. Oh selige griechische Nächte!

Léon singt mir ein Lied von der Liebe, täglich neu, mit seinen Blicken, seinen Händen auf meiner Haut, mit seiner Zärtlichkeit. Das, was er sagt und wie er es sagt, klingt wie eine eigene Melodie in mir. Mit der Geste seines Armes schenkt er mir einen herrlichen Sonnenaufgang, und wir sind stumm vor Glück, wenn die rote Scheibe langsam aus dem Meer steigt und sich Ströme von Licht wie Glut über die Wasserfläche ergießen. Das Meer dehnt sich endlos bis an den Horizont und die rote Lohe der Sonne verwandelt sich in Gold, ist wie das Gold des Widders, dessen Fell zum Goldenen Vlies wurde, von Hermes vor Zeiten als Geschenk an Nephele gegeben. Wieder ein neuer Tag, wieder endlose Stunden Leben voll staunender Freude.

Jeder Tag ist vollgepackt mit Neuem, noch nie Erlebtem. Wir mieten uns ein Auto und fahren über die Insel. Olivenhaine reichen bis an den Himmel heran. Dann wechseln die silberblättrigen Olivenbäume mit dunkelgrünen Zypressen und Pinien ab, Zitronen- und Orangenbäume neigen sich uns entgegen. Leuchtende Blumenteppiche breiten sich am Wegrand aus. Hermes, Sohn des Zeus, flügelbewehrt an Helm und Knöcheln, ist unterwegs in seinem Land, er hält den Friedensstab, und alle Geschöpfe sind milde gestimmt. Schmetterlinge flattern wie Sonnenfunken im gleißenden Licht, und Léon hat strahlende Augen voll Goldglanz. Die Natur huldigt uns zwei Liebenden. Wir fahren sich schlängelnde Sträßchen bergan, durch karstige Berglandschaft, den fruchtbaren Talboden unter uns lassend, in der Ferne das Meer, am Ufer Felstürme, wie durch Schwertschläge von Titanenhand geschaffen. Dörfer kleben an steilen Berghängen, und ihre Gässchen sind so schmal, dass man nur eng nebeneinander durch sie gehen kann. In flirrendem Sonnenlicht stehen leuchtende Felsen und dann eine schlichte, weiß gekalkte Kirche. In ihr glüht ein Öllämpchen in stiller Frömmigkeit. Wir beten in Andacht. Für vieles haben wir zu danken. Wir gehen durch ginsterbewachsene Wege, antike Säulen liegen zwischen heißen Steinen. Auf einem glatten Steinblock von geädertem Marmor ruhen wir uns aus. Wir lehnen uns aneinander. Jeder braucht eine Schulter, an die er sich lehnen kann, eine Hand, die ihn führt, wenn er wankt, und Augen, in denen er sich spiegeln kann. Gut, dass wir uns gefunden haben.

 Ich frage Léon, was er als die wichtigste Eigenschaft für eine gute Beziehung erachtet und dafür, dass die Liebe bleibt und nicht so schnell wieder vergeht. Er denkt nur ganz kurz nach und sagt dann mit seiner wohltönenden Stimme, dass es die Achtung vor den Gefühlen des Partners sei, die das Wichtigste wäre, ihn anzunehmen, wie er ist und ihn nicht nach eigenem Ermessen verändern zu wollen. „Nur wenn man ganz liebt, kann man den anderen akzeptieren, wie er ist. Ihn anders haben wollen, ist ihn nur halb lieben, und halb lieben endet bald in nicht lieben." Manchmal meine ich, es ist mein Mund, den ich sprechen höre, und meine eigenen Worte erklingen neben meinem Ohr, so ähnlich ist unsere Art zu denken, und so übereinstimmend ist unsere Wortwahl.

Die Tage sind heiß und glühend. Wir finden eine menschenleere Bucht und werfen uns, alles Überflüssige abtuend, in die Fluten. Schwimmen ist fast wie fliegen, das Wasser trägt beinahe von alleine. Die Bewegungen des Körpers sind wie ein Schöpfungsakt, im Wasser, im heißen Sand, durch den wir wie übermütige Kinder tollen und in den wir uns eng umschlungen legen. Müde und durstig von dem Genuss der überirdischen Freuden kehren wir dann ein in irgendeine kleine Taverne, essen Oliven und Ziegenkäse, trinken geharzten Wein, Dionysos schwingt seinen efeubekleideten Thyrosstab in der Luft und alles wird ein Fest, in bacchantischer Freude. Die alten Zauber wirken immer noch, hier in dem Land, wo man sich von Nymphen und Faunen beobachtet fühlt, in dem man ekstatische Lebensfreude erleben kann und wo gaukelnde Traumbilder vor die Seele treten.

Wir Erdgeborenen, wir tragen einen Funken Göttlichkeit in uns, von Geburt an und immer. Doch hier, in Griechenland, hier fängt der Funke zu glühen an, leuchtet mehr, schimmert durch die Haut und wird uns bewusst. Und die Götter lassen uns an ihren Freuden teilhaben. Wenn wir ihrer würdig sind.

Am späten Abend sitzen wir dann auf unserem Balkon und schauen in den Sternenhimmel. Er ist weit, wie unsere Gefühle. Ganz kann man sich öffnen und sich hineinbegeben in die Tiefen des Weltalls und in die Tiefen unseres Innern. Wir sitzen im Sternengarten. Und wir befinden uns im Garten der Liebe, wir atmen den betörenden Duft der Blumen der Leidenschaft, wir spüren den Fluss des Lebens und all unsere Gefühle sind lebendig.

„Das Leben ist ganz einfach", sagt Léon, „man muss nur lieben, dann weiß man von ganz alleine, was richtig ist und was wir zum Leben brauchen. Die Menschen haben alle so viele Probleme und machen sich selbst Schwierigkeiten. Dabei fehlt ihnen nur die Liebe – und die Lebendigkeit, die sich aus diesem Gefühl ergibt. Sie suchen alle in den falschen Straßen. Erfolg und materielle Sicherheit sind nicht die richtigen Werte, denen man Vorrang geben sollte. Das sind Sackgassen. Lieben können ist das Wesentliche.

Wie einfach dann das Leben ist. Aber erst wenn man offen ist für die Liebe, kann sie auch zu uns finden."

Ja, ich war offen für die Liebe, nachdem die alten Gefühle ausgebrannt waren in mir, und deshalb ist Léon gekommen. „Geben können bedeutet die Fähigkeit zu lieben", spricht Léon weiter, „den Augenblick annehmen, sich hingeben, bedeutet Glück, und es ist immer ein Stück von der Ewigkeit, in die wir eintauchen, wenn wir lieben."

Wir erleben die Schönheit der Zeitlosigkeit, denn die Zeit steht still. Aber wir bereiten uns auch auf die Zeit vor, wenn sie wieder weitergeht. Denn wir haben Vertrauen in unsere Gefühle, jeder in seine eigenen und dann auch noch in die des anderen. Jetzt lebe ich im Land der Liebe und des Glückes, zurzeit fließt aus Steinen Wasser und Wein, und Ströme von Milch ergießen sich zu den zu Labenden, aus hohlen Bäumen träufelt Honig und der Überfluss der Gefühle überschwemmt die ganze Welt.

Ich weiß, dass dies nicht der Normalzustand ist, aber es ganz einfach jetzt zu empfinden, wird mein Leben in alle Zukunft hinein verändern. Etwas von diesem Überschwang will ich mir bewahren. Immer habe ich in dem Gefühl gelebt, mit einer alten, weisen Seele zur Welt gekommen zu sein, die viel Wissen in sich trägt um Leiden, Erdulden und um die Unwichtigkeit unserer alltäglichen Handlungen. Verzicht und

Resignation haben sich in den letzten Jahren mit dir breit gemacht. Abgestumpft waren die Gefühle. Und dann hat der große Schmerz alles zerbrochen, verändert, mich geläutert und geheilt, und alles war wieder offen für neues Empfinden. Dann hat meine Seele von neuem angefangen zu leben und ist dabei jung geworden. Frühling wurde es in meinem Herzen, und der Glaube an das Weitergehen des Lebens ist wiedergekehrt. Frisches Grün brach durch das Braun und Grau und die alte Schicht des Verbrauchten. Saftig nennen wir das erste Grün des Grases im Frühling, und auf diesen saftigen Rasenteppich legte ich meine Seele, damit sie wieder Wurzeln schlagen könne und ihr Abgerissensein und ihr Wundsein überwinden. Den Duft von blühenden Zweigen und alle Pracht der wiedererstehenden Natur legte ich ihr zu Füßen und wohlriechende Veilchen tat ich zwischen die hartgepressten Falten ihrer Verbitterung. Oh, ich war gut zu ihr, lebe wieder, liebe Seele, sagte ich, wachse wieder, vertraue wieder, besinne dich auf dich selbst und deine eigene Kraft. Nimm an das Werden, nachdem du das Vergehen kennengelernt hast.

Und siehe - meine Seele lebte wieder in mir. Eis und Kälte sind vergangen und neues Leben ist aufgebrochen und alles ist noch in mir, alles, was ich jemals gewesen bin und getan und empfunden habe, in jedem Knochen, in jeder Faser meines Körpers lebt es fort und wächst und ist lebendige

Gegenwart. Wie reich ich bin, ich als Gefäß, als Sammlerin, als Bewahrerin, als ein großes, tiefes Meer des Lebens. Meine Seele ist wieder jung. Jung und wissend. Und alles ist möglich. Ich spüre, dass ich die ganze Welt in mir trage. Alle Farben sind wieder da.

Für dich gibt es vor allem Weiß und Schwarz, nur Extreme, so wie Gut und Schlecht. Gut bist du, schlecht ist alles, was anders ist als du. Weiß ist die Anwesenheit aller Farben, schwarz ist ihre Abwesenheit. Du bedienst dich nur der Superlative, siehst immer nur gebündelt. Dabei geht dir das ganze Farbspektrum des Sonnenlichtes und des Lebens verloren.

Mit Léon schreite ich nun über den Regenbogen der Zeiten und der Gefühle. Wie weit seine Sicht der Dinge ist, und so voll Liebe zur ganzen Schöpfung! Da sind auf einmal wieder alle Farben. Mit Léon erlebe ich das Licht des Lebens in allen Brechungen und Nuancen, und bei jeder Bewegung der Seele strahlt jedes scheinbar kleine Ereignis in leuchtenden Facetten auf, und auch die dunkle Palette der Schatten hat ihren betörenden Reiz. Léon kann gut mit Farben umgehen, er malt wunderbare Bilder. Auf seiner Palette hat er alle vorstellbaren Schattierungen und er drückt so viel damit aus. Die Neigung eines Kopfes, die Haltung einer Hand, die Helligkeit des Sonnenlichtes, alles kann er ausdrücken. Mit seinem Pinsel fängt er den

Wind ein, oder die Stimmung eines Sonnenuntergangs, wenn die Sonne im Dunst verglost. Aber auch tiefhängenden Gewitterwolken über einer geduckten Landschaft verleiht er Leben. Das alles kann mein Léon, mit seinen sprechenden Händen, und manchmal leiht er mir seine Augen und ich sehe das Lächeln des Lebens in der Welt.

Das hast du dir nicht von mir gedacht, dass ich wieder hingehe und mich verliebe, ich übrigens auch nicht. Du hast mich in Sack und Asche gesehen und nicht in Blütenkränzen der Leidenschaft. Wie bin ich dir dankbar, dass du den Weg frei gemacht hast für mein neues Glück, dass du gegangen bist und mich endlich mich selbst hast werden lassen und offen für neue Gefühle.

Weißt du noch, die Geschichte mit den in zwei Hälften gebrochenen Herzen, die mich so traurig gemacht hat - vielleicht stimmt sie doch. Unsere Herzen irren oft und machen weite Umwege, aber vielleicht habe ich nun doch auch die richtige Hälfte gefunden, die mir von Anfang an zugedachte.

Nun werden diese Tage, diese langen, sonnengoldenen Tage, bald zu Ende gehen und ein neuer Abschnitt wird beginnen. Panta rhei. Alles fließt. Das Leben ist ein Fluss. Und ich bin bereit, mich diesem Strom anzuvertrauen, bin schon mitten drin und habe alle Zuversicht und allen Glauben an das Kommende. Alles werde ich annehmen, was da kommt, alles zulassen, was mir widerfahren wird, denn ich vertraue meiner Stärke und der Kraft des Lebens. Ich bin bereit für Veränderungen, und ich spüre, wie sie bereits an mir arbeiten. Habe ich doch selbst welche in die Wege geleitet.

Mittlerweile wirst du auch schon den Brief vom Rechtsanwalt bekommen haben. In den letzten Tagen vor meiner Abreise nach Griechenland habe ich noch alles in die Wege geleitet für unsere Scheidung, habe alle Einzelheiten mit dem Rechtsanwalt besprochen. Er wird die Scheidungsklage einbringen, während ich hier in Griechenland bin. Ich will nun endlich Ordnung in mein Leben bringen, nachdem ich mich entschieden habe, nie mehr mit dir zusammenleben zu wollen. Das ist mittlerweile unvorstellbar für mich. Du bist Vergangenheit, vielleicht auch schöne, aber sicher leidvolle Vergangenheit, und vorbei ist vorbei. Ein zerbrochenes Glas kann man nicht mehr ganz machen, eine zerplatzte Seifenblase, wie schön sie immer gewesen sein mag, ist nicht mehr als ein bisschen Seifenlauge, die vertrocknet. Ich will frei sein, nun auch äußerlich, nachdem ich innerlich frei geworden bin von dir, ich will einen endgültigen Schlussstrich ziehen.

Du glaubst natürlich, ich will in die nächste Verbindung stolpern, aber ich will zuerst einmal frei sein und mich selbst leben. Ich weiß gar nicht, ob ich wieder ganz mit jemandem leben möchte, so jeden Tag und jede Nacht. Viel schöner stelle ich mir ein Leben mit mir alleine vor und ein fallweises Zelebrieren der Gemeinsamkeit mit meinem Liebsten. Feste der Einsamkeit möchte ich abwechseln mit Festen der Liebe. Was genau aus Léon und mir wird, das wird die Zukunft zeigen, das ist nicht das Thema unserer Scheidung.

Ach ja, ich muss mir das bewusst machen: Du, der du nun zu Hause sitzt und Trübsal bläst oder auch einen großen Groll auf mich hast, du weißt doch gar nichts von Léon, von meiner neuen Liebe, genauso wenig, wie du über irgendetwas Bescheid gewusst hast von mir in den letzten Jahren, nichts über meinen großen Kummer und meine Verzweiflung und nichts darüber, dass ich mittlerweile eine glückliche, selbständige Frau geworden bin. Über all das haben wir nie gesprochen, nur um Berufliches ging es immer in unseren Gesprächen und um Allgemeingültiges.

Und diesen Brief, diesen langen, langen Brief – nichts weißt du von ihm und wirst nie etwas darüber erfahren.

Jetzt erst denke ich darüber nach, wie es dir wohl geht, schlimm, denke ich, aber es berührt mich nicht wirklich. Das ist nicht mehr unser Leben, sondern deines. Was kann ich dafür, dass dein Traum vom Glück gescheitert ist? Es war aber auch wirklich ein sonderbares Zusammentreffen, dass du genau an dem Samstagvormittag mit prallen Koffern und vollgepacktem Auto zu Hause erschienen bist, als ich mein Gepäck im Auto verstaute, um zum Flughafen zu fahren und diese wunderbare Reise anzutreten. Du hattest wohl erwartet, dass ich dir beim Auspacken helfe, dir offene Arme entgegenstrecke, dir ein warmes Essen koche und ein Bier aus dem Kühlschrank hole? Stattdessen bin ich gegangen.

Das Leben, in das du heimzukehren glaubtest, das gibt es nicht mehr. Mich, die ich einmal war, gibt es auch nicht mehr. Und du, wer bist du nun? Aber das herauszufinden, das wird jetzt deine Aufgabe sein, denn das ist nicht mehr meine Angelegenheit.

NUN NOCH, SOZUSAGEN ALS AB-SCHIEDSGESANG, bevor ich diesen Brief, in kleinen Stückchen, dem Meer übergebe, einige Zeilen von dem großen Geheimrat von Goethe aus einem seiner Briefe an die Gräfin Auguste zu Stollberg:

„*Alles geben die Götter, die unendlichen,*
ihren Lieblingen ganz,
alle Freuden, die unendlichen,
alle Schmerzen, die unendlichen, ganz."

Ich erlaube mir noch, diese Gedanken des von mir verehrten Dichterfürsten meiner eigenen Erfahrung nach und meinem momentanen Empfinden gemäß umzugestalten in:

Alles geben die Götter, die unendlichen,
ihren Lieblingen ganz,
alle Schmerzen, die unendlichen,
alle Freuden, die unendlichen, ganz.